# のスナイパー　慰めの代償

愁堂れな

RB
幻冬舎ルチル文庫

CONTENTS ✦目次✦

黄昏のスナイパー　慰めの代償

✦イラスト・奈良千春



✦カバーデザイン=高津深春（CoCo.Design）
✦ブックデザイン=まるか工房

# 黄昏のスナイパー　慰めの代償

# 1

「麻生《あそう》さん、スピード！　スピード出しすぎですっ」

「なにー？　聞こえないわよー」

今、俺はカーブが多いことで有名な国道十八号線を物凄《ものすご》いスピードで疾走するハーレーのタンデムシートに乗っている。

軽井沢に行くなら碓氷峠《うすいとうげ》越えは欠かせない、とわざわざカーブの多い道を選んだこのハーレーの持ち主は、後ろに俺がいることなどすっかり眼中にないようで、先ほどからスリリングというにはあまりあるダイナミックな運転を続け、俺の寿命を少なくとも十年は縮めてくれていた。

「麻生さん、もうギブです！　ギブ！」

「なーにー？　聞こえないってば」

高級ブランド、ロエベの革ジャンを身にまとったその逞《たくま》しい身体《からだ》に全力でしがみついていないと飛ばされてしまう。だが力を入れすぎ、もう腕がだるくてたまらないため、少し休憩を、と訴えるも、聞く耳を持ってはもらえない。

そもそも彼は俺がついてくることを快しとしていなかった。やはりこの仕事、引き受けるべきではなかったかと、ヘルメットをかぶっていてもごうごうと耳元で響く風の音以上に大きな溜《た》め息《いき》を漏らす俺の脳裏には、こんな恐ろしい思いをしてまで軽井沢を目指すことになった一連の出来事が浮かんでいた。

ことの発端は昨日、俺の勤務する佐藤《さとう》探偵事務所に、大家である高橋春香《たかはしはるか》がやってきたことだった。

いつもであればノックもなしにいきなりドアを開き、

「ちょっとトラちゃーん」

と馴《な》れ馴れしく声をかけてくる彼が、ノックをしただけでなく、コホン、と咳払《せきばら》いをし、

「少々よろしいですか」

なんて改まった言葉をかけてくる。

「春香さん、なんの冗談？」

「冗談じゃないわよ。今日は依頼人としてきたのよ」

むっとした様子でそう告げた彼は、『春香』なんて可愛《かわい》い名前と可愛い喋《しゃべ》り方にはそぐわ

ない、百九十センチ近い身長を誇るスキンヘッドのオカマだった。

　年齢はこの探偵事務所の所長である俺の兄貴、凌駕《りょうが》と同じ三十八歳。一見、外国人にも見える派手な顔立ちの美形なのだが、その迫力たるや初対面の相手、ほぼ百パーセントをビビらせるほどである。

　だが性格は実に優しく、面倒見もいい。兄貴も俺も非常にお世話になっているのだが、今回もどうやら彼はその『面倒見のよさ』を発揮してくれようとしているらしかった。

「依頼人？　なんの？」

「あんた、今月もここの家賃滞納してるでしょ。それを稼がせてあげようって言ってんのよ。どう？　ありがたいでしょ？」

「……だから何を依頼するって？」

『面倒見がいい』というより、恩着せがましさ全開の春香に問いかける。

「ちょっと、トラちゃん、あんた、依頼人に、ちゃーひとつ出さない気？」

と、春香は俺の問いに答えるどころか、嫌みったらしくそう告げたあとに、ぐさりとくることを言い出した。

「だから依頼人が来ないのよ。探偵ってサービス業ってわかってる？」

「……それなら春香さん、俺の名前が『トラ』じゃなくて『佐藤大牙《たいが》』だってわかってる？」

だいたい『トラちゃん』なんて呼ぶのは彼くらいだ。俺の名前の『大牙』から『タイガー』

を連想してのあだ名で、こうしたよく言えば捻《ひね》りのある――悪く言えばこじつけの――あだ名をつけるのは彼の悪い癖だ。

「わかってるわよ。警視庁捜査一課勤務のもと刑事、今はビッチの兄貴のかわりにこの探偵事務所を切り盛りしようとしてできていない、使えない探偵でしょ？」

容赦ない言葉で俺を打ちのめしてくれた春香は、

「もう、仕方ないわねえ」

とぶつぶつ言いつつ自分でコーヒーを淹《い》れ、ついでとばかりに俺にも淹れてくれたあと――このへんに『面倒見のよさ』が現れている――顎《あご》をしゃくり、俺にソファを勧めた。

「ほら、依頼、聞いてよ」

「……はい」

主導権をとられっぱなしだ。この分だと俺が何を聞くより前に話し出すのでは、という勘はすぐに当たったことが証明された。

「……で……」

「実はトラちゃんに一緒に軽井沢に行ってもらいたいのよ」

問おうとするより前に、春香が口を開く。

「軽井沢？」

思いもかけない地名を言われ、なぜ、と問うのを待たずにまた彼が答えをくれた。

「恭一郎《きょういちろう》に付き添ってほしいの」

「恭一郎……ルポライターの麻生さんですか？」

春香曰《いわ》く『カマカマネット』で繋《つな》がっている彼の友人である麻生恭一郎は、業界屈指の取材力を誇るフリーのルポライターである。

日常でハーレーダビッドソンを乗りこなす彼の見た目は実にワイルド、その上がたいのいい二枚目で、いかにも男も惚《ほ》れる男、というタイプなのだが『カマカマネット』で繋がっていることからもわかるように彼もまたオカマ、かつゲイであり、しかもネコ——そして、彼の好みが半ズボンの似合う少年、という、これ以上ないほどの茨《いばら》の道を歩んでいる。

その麻生と一緒に軽井沢？　と更に首を傾《かし》げた俺に春香は、

「それがね」

とこの場には誰もいないのに顔を寄せ声のトーンを下げると、実にディープな話をし始めた。

「恭一郎のお父さんが先日、ちょっと大きな手術をしてね、今、軽井沢の別荘で療養中なの。その見舞いに同行してほしいのよ」

「え？　ちょっと待ってくれ。お父さんの手術？　軽井沢の別荘？」

どれもこれも初耳、と驚いている俺に、

「あら？　トラちゃん、恭一郎のバックグラウンド、知らなかったの？」

と、逆に春香が驚いてみせる。

「探偵のくせに、調査が甘いわねえ」

「麻生さんの身辺調査する必要ないだろ」

「そういうこと言ってるんじゃないの。探偵として、その探求心のなさはどうなの？　ってことが問題視されてるの」

「問題視って誰に」

「あたしにに決まってるじゃないのー」

話がさっぱり先に進まない。だが春香と話していると常にこうした状態に陥るので、もう慣れたものだった。

「わかった。探求心のなさは反省する。で？　麻生さんってお坊ちゃんなの？　お父さんの手術って、大丈夫なのか？」

「もう、いっぺんにいくつも聞かれたって答えられないわよ」

「………」

自分はいっぺんに言うくせに、と心の中で呟《つぶや》きつつも、

「じゃあ、一つずつ」

と質問を再開する。

「麻生さんって、お坊ちゃんなの？」

「イエス。麻生コンツェルンって知ってるでしょ？」

「うん……えっ？？」

頷《うなず》いたあと、まさか、と思ったあまり高い声が口から漏れる。

「麻生さんてその麻生さんなの？？」

「そう。総領息子、つまり長男……ま、勘当されてるけどね」

「そうだったんだ……」

言われてみれば、お金にあまり頓着《とんちゃく》しないし、顔立ちにもどことなく品があるような気がする。

まああの強烈《きょうれつ》なオカマ言葉と、更に強烈な性的好みに目隠しされてはいたが、と思いつつ頷いた俺に春香が、

「なによ、もう質問は終わり？」

と不満げに問いかけてくる。

「いや、お父さんの手術って、具合悪いの？」

「大手術ではあったけど、成功したんですって。なので命に別状はないみたいよ。ただ、仕事からはもう退くって噂《うわさ》よ。それが代表取締役を退任するけど相談役としては残るのか、すっぱり辞めちゃうのか、そこまではわからないけど」

「そうなんだ……」

他に相槌《あいづち》の打ちようがなく頷いた俺の前で、春香が、やれやれ、という顔になる。

「他には？　今までの情報を得るくらい、さっきのあたしの話でわかるでしょうに」

「……ええと、なんだ、その」

実際言われたとおりだっただけに言葉に詰まりながらも、認めるのは癪《しゃく》だと無理やり質問を捻り出すことにした。

「麻生さんが勘当されたのは、その……」

「ゲイバレしたせいってのもあるけど、会社を継がずにジャーナリストになりたいっていうのが主な理由だったようよ」

春香は即答すると、

「あーでも」

と早速訂正を入れてきた。

「やっぱりゲイバレのほうがメインかな。恭一郎はいわば麻生家の跡取りだから、その彼が女性に興味ないっていうので、父親は切れたのかも」

「母親は？」

あえて『父親』と限定したのが気になり問いかけると、

「母親はいつも息子の味方でしょ」

くだらないことは聞くな、と春香に斬《き》って捨てられた。

「ま、そういうわけだから、恭一郎がお父さんのお見舞いに行くのに付き添ってよ。お願い。

報酬は滞納家賃ひと月分で」

「……すみません、滞納はふた月なんですが……」

甘いかなと思いつつ、あわよくば、とふた月分と提案してみる。が、春香は俺が太刀打《たちう》ちできるようなタマじゃなかった。

「今すぐ滞納を理由に追い出してやってもいいのよ」

「やらせていただきます」

凄みのあるひと睨《にら》みに対抗できるわけもなく、ひと月分の家賃をチャラにしてもらうべく俺は彼の依頼を受けることとなったのだった。

「しかし解《げ》せないんですが」

「なにが？」

眉《まゆ》を顰《ひそ》める春香に疑問を投げかける。

「なんだって付き添いが必要なんです？」

心は乙女かもしれないが、麻生の見た目はゴツい上、何かの折に柔道も有段者だと聞いたことがあった。その彼に付き添う理由がわからない。と問いかけたと同時に、もしや、と思い当たりその考えを口にする。

「もしかして麻生さんは見舞いに行きたがってないんじゃあ？　それを春香さんが無理やり行かせようとしてる……とか？」

「ブッブー。ハズレです。恭一郎は確かに乗り気じゃないけど、今回、母親に泣いて頼まれていますから。いやいや行くことにしてるのよ」

「じゃあ、なんで付き添いを？」

そうなるとさっぱり理由がわからない。問いかけた俺に春香は一瞬何かを言いかけたが、思い直したような顔になると、なんの冗談かということを言い出した。

「軽井沢には魑魅魍魎《ちみもうりょう》が棲《す》んでいるから」

「魑魅魍魎？」

問い返したが春香は、

「そういうことだから」

と一方的に話を切り上げ、俺は置いてけぼりを食らうことになった。

「明日、十時出発だから」

「え？　明日？？」

あまりに急な話に、つい非難めいた声を出してしまったせいか、春香は不機嫌丸出しになると、

「どうせ暇なんでしょっ」

勿体《もったい》ぶってんじゃないわよ、と言い捨て、事務所を出ていってしまった。

「……おっしゃるとおり……とはいえ……」

納得がいかない。きっと春香は何か隠しているに違いないという確信が俺の胸には芽生えていた。

春香は情け深いオカマではあるが、金銭関係は比較的きっちりしており、今まで家賃をまけてもらったことは一度もない。

滞納しても三ヶ月は笑顔で許してくれる——が、三ヶ月を越えると鬼の形相《ぎょうそう》で取り立ててくるのだ。

ケチだから、というよりそれは人間関係が金銭がらみで壊れがちであることがわかっている上での催促だった。

金銭関係までなあなあの関係を続けていけばいつか必ず破綻《はたん》する。人生経験豊かな春香のポリシーを以前、俺は聞いたことがあった。

まさにそのとおり。一応俺もそう思っているのだ。ただ、己の力不足ゆえ、なかなか依頼に結びつかないせいで支払いが滞ってしまっているだけ——とはいえ、支払えていないのは事実なので、すべては言い訳となってしまう。

春香の意図は今一つ読めないものの、おそらく彼なりの俺への救済策なのだろう。

麻生の里帰り？　に同行するその依頼にどんな意味があるのかはさっぱりわからないが、ここは彼の恩情をありがたく受けるか、と心を決め、しばらく留守にできるよう諸々《もろもろ》の調整を行った。

翌朝十時、佐藤探偵事務所前には、憮然《ぶぜん》とした顔の麻生が乗るハーレーと、嬉《うれ》しくてたまらないといった様子の春香が運転する彼の４ＷＤが並んで駐車していた。

「それじゃ、向こうについたら連絡取り合いましょ」

とりあえず現地で、と笑顔を振りまく春香は助手席に乗っており、運転席には彼の若き恋人、二十歳《はたち》の君人《きみと》君がいた。

「単に恋人と旅行したかっただけにしか見えないわよねー」

朝『おはようございます』と挨拶《あいさつ》したときから麻生は実に機嫌が悪そうだった。

「えーと」

彼に『付き添う』というよりは、彼を現地に連れていく――というのがもしかしたら春香の依頼だったのかもしれない。

なぜにそんな依頼をしてきたのかは謎《なぞ》だが、ともかく、その春香が先に出発してしまっていただけにもうあとを追いかけるしかない、と俺は心を決め、

「まあ、とりあえず行きましょう」

と麻生を促した。

渋々ではありながらも、麻生は俺を、彼の愛車、ハーレーダビッドソンのタンデムシートに乗せると一路軽井沢を目指し走り出したのだが、まもなく到着する段になり出現したカーブの連続に耐えられず、ついつい悲鳴を上げてしまったのだった。

手もだるければ腰も痛い。多分わざとなんだろうが、一度もドライブインで休憩しなかったため、予定していた時間よりずいぶん早く到着しそうだ。

春香と恋人の君人とは、春香が予約した軽井沢のホテルで待ち合わせることになっていた。そう――春香はなんと、軽井沢に同行することにしたのだ。俺一人には任せておけないとでも思ったのかもしれない。

なら春香が付き添えばすんだんじゃあ？　と思わないでもないのだが、どこまでも『自分たちはバカンス』というスタンスを貫こうとしていた彼には彼なりに考えるところがあったのだろう。

「あのっ！　少し休憩しませんかっ？」

エンジン音や風の音に負けず、声を張り上げる。

「しませーん！」

麻生の機嫌は結局回復せず、その後俺は彼のハーレーが旧軽井沢に到着するまでの間、タンデムシートで腕の痺《しび》れや腰痛を堪《こら》えざるを得なくなってしまったのだった。

旧軽井沢に到着すると麻生は、待ち合わせのホテルには向かわず、雲場池《くもばいけ》方面を目指し始めた。

「麻生さん？　どこに向かってるんです？」

高速道路上よりも、一般道では風の音もたいしたことはなく、声は麻生に届いているはずだったのに、彼は俺の問いかけを無視し続けた。

そうはいっても、彼の行く先については予想がついていた。春香から依頼を受けたあと、一応麻生家について調べたのだ。

確かに麻生は麻生コンツェルンの御曹司《おんぞうし》で間違いなかった。父親のプロフィールについても概要はわかった。

その父親が療養しているという麻生家の別荘の場所も当然ながらリサーチ済みである。雲場池近くにあるという豪邸の写真も、ネットで入手していた。

麻生の行き先はおそらくそこに違いない。俺の勘が当たっていることはすぐ証明された——って、まあ、他に行き先があったら教えてほしいくらいのものだが。

ハーレーが停《と》まった場所はなんというか——俺にとっては未知なる世界だった。

「あ、麻生さん……」

門柱には『麻生』の表札がある——が、門の向こうには広大な庭が広がっていた。

今まで通ってきた道の両脇《りょうわき》にも、本宅でもいいんじゃないかと思うような立派なたたずまいの『別荘』はあった。

が、こんな立派な門がまえの家はなかったし、何より、路《みち》から建物は見えていた。

門の向こうに建物らしきものは見えない。どれだけ奥まったところに建っているんだ、とタンデムシートから降りて背伸びをし、中を窺っていた俺を麻生が振り返る。

「行くわよ」

「あ、はい」

麻生が門柱にあるインターホンへと向かう。ボタンを押してしばらくすると、スピーカーから女性の声が聞こえてきた。

『坊ちゃま！　まあ、まあ、どうしましょう！』

酷《ひど》く動揺している様子の声の主は、ずいぶんと年輩《ねんぱい》のようだった。

「『どうしましょう』はあたしよ。母に呼ばれたから来たの。門、開けてもらえる？」

『勿論でございますとも！　ここは坊ちゃまの別荘ですから！　まあ、奥様がお呼びに！まあまあ！』

「佐和子《さわこ》さん、『勿論』なら早く門、開けてよ」

麻生が呆《あき》れた声を出すと、またもスピーカーからはその『佐和子さん』という女性の、

『まあまあ、私ったら。まあどうしましょう』

という動揺した声が聞こえたものの、まもなく、ビィ、と音を立てて門が開いた。

「電動式！」

凄いな、と感心する俺を麻生が馬鹿《ばか》にしたように振り返る。

「手で開けられるような門なら、自分で開けて入ってるわよ」

「……ですよね」

おっしゃるとおり、と頭を下げた俺を麻生はまたじろ、と睨むと、すぐに前を向き開いた門の中へと入っていった。俺も慌ててあとを追いかける。

「広いですね」

英国式庭園、とでもいうんだろうか。きれいに整備された庭を突っ切り建物へと向かう——はずが、垣根の背が高い上に通路は迷路のように折れ曲がっていて、なかなか建物に近づけない。

「これ、車で来た人はどうするんです？」

「車用の通路があるわ」

俺の問いに振り返りもせず麻生が答えたそのとき、ようやく別荘——というには大邸宅とでも評したほうが相応しい建物の全容が現れた。と、目の前で玄関のドアが開き、一人の老女が駆け出してくる。

「メイドっ？？」

老女はいわゆる『メイド服』を身にまとっていた。

「制服よ」

驚く俺にあっさりと麻生が答える。

「坊ちゃま！　ああ、お懐かしい！」

その間に麻生のすぐ近くまで駆けてきた老女メイドは、泣き出さんばかりの勢いで麻生に縋《すが》ってきた。

「かれこれ、五年ぶりくらいかしら。佐和子さん、元気だった？」

俺に対するのとは百八十度違う優しい態度で、麻生が老女メイドに問いかける。

「ああ、もったいない。私のことなど案じていただく必要はございませんよ」

老女が感極まった顔になったかと思うと、両目からぽろぽろと涙を零《こぼ》したものだから、関係ないはずであるのに俺は変にあたふたしてしまった。

「佐和子さん、泣かないでよ」

やれやれ、というように笑いながら麻生が革パンツの尻《しり》ポケットから取り出した真っ白なハンカチを老女に渡す。

「もったいない……」

泣きやむどころか、更に激しく泣き出した彼女の肩を抱き、麻生が顔を覗き込む。

「泣かないでって。母は今、いる？」

「い、いらっしゃいます。坊ちゃまがいらしたとお知らせしたらそれはもうお喜びになって……っ」

泣きながら老女はそう告げると、遠慮しつつも麻生から受け取ったハンカチで涙を拭《ぬぐ》い顔を上げた。

「大変失礼いたしました。奥様のところにご案内申し上げます」

どうぞ、と先に立って歩き出そうとした老女は、ようやく俺の存在に気づいたらしく足を止める。

「あの、こちらは……」

訝《いぶか》しそうな顔で老女が麻生に尋ねる。俺ってそんなに人相悪いか？　と少々落ち込みそうになった。

「ああ、彼はね、あたしの……友達」

麻生は一瞬言葉を探すようにしたが――俺を『友達』ということにどうやら抵抗があったようである――そう紹介すると、俺にも老女を紹介してくれた。

「トラちゃん、こちら、古くからウチで働いてくれている佐和子さん」

「よろしくお願いいたします。トラ様」

老女が――佐和子が丁寧に頭を下げる。

「あ、あの、トラではなく……」

佐藤です、と名乗ろうとしたのを麻生が、

「それじゃ、行きましょか」

と遮り先に立って歩き始めたので、俺は名前を訂正する機会を逸してしまった。

「坊ちゃま、わたくしが」

自ら玄関のドアを開こうとする麻生に佐和子が駆け寄る。

「ドアくらい自分で開けるわよ」

だが麻生は取り合わず、さっさとドアを開くと玄関の中へと入っていく。

俺もあとに続こうとしたのだが、佐和子が押さえてくれていたドアから中へと入ろうとしたとき、

「あの」

彼女がおずおずとした様子で、潜めた声をかけてきた。

「はい？」

なんだ？　と振り返ると佐和子は更に声を潜め、俺を窺い見るようにしながらとんでもない質問をしてくる。

「……あの、トラ様と坊ちゃまはいわゆる……恋人同士ということでよろしいでしょうか？」

「はあっ？？」

思わず大きな声を上げてしまった俺の耳に、ブーツを脱いでいた麻生の絶叫が聞こえた。

「ちょっとー！　佐和子さん、やめてよーっ！　あたしがトラちゃんなんかと付き合うわけないでしょーっ！」

「あらあら坊ちゃま、聞こえてしまいましたか」

佐和子が慌てた様子で麻生に頭を下げる。

「私もねえ、坊ちゃまのご趣味とは違うかなとは思ったんですけれど」

「本当にもう、心臓に悪いこと、言わないでよ」

平謝りに謝る佐和子を、麻生がじろりと睨みつける。

「……あのー」

『トラちゃんなんか』だの『坊ちゃまのご趣味とは違う』だの——まあ俺は半ズボンの美少年じゃないから確かに違うっちゃ違うが——俺にだってタイプっていうものはあるんだし、さすがに失礼じゃないか、と反論をしようとした俺を、麻生と佐和子、二人して振り返る。

「なによ、トラちゃん」

「何かご用でしょうか。トラ様」

いかにも面倒といった様子の二人からの問いには最早答える術《すべ》もなく、

「いえ、なんでもないです」

と俺は力なく答えると、麻生の横で靴を脱いだ。

「こちらでございます」

佐和子が用意してくれたスリッパに履き替え、廊下を進む。

「なんか凄いですね」

ずいぶんと年代物の建物のようだが『古い』というより『重厚』という表現がぴったりきた。

外国映画に出てくる立派な山荘といった感じだ。廊下を進んで正面にあった階段を上ると佐和子は最も奥まった部屋の一つ手前の部屋のドアの前でぴたりと足を止めた。

コンコン、とノックをし、声をかける。

「奥様、恭一郎坊ちゃまがお戻りになりました」

と、すぐにドアが開き、室内から上品な奥様風の女性が駆け出してきた。

「恭一郎、ああ、戻ってきてくれたのね！」

「……ご無沙汰《ぶさた》しています。お母さん」

麻生が少しだけ困ったような表情をし、抱きつかんばかりのその女性に対応している。

「………」

麻生がいつものオカマ言葉を話していないことにも驚いたが、何より驚いたのがその『お母さん』と呼ばれた女性がどう見ても麻生の姉くらいにしか見えなかったことだった。

若い。麻生は三十八歳だから、どう若く見積っても五十は越えているはずなのに、とてもそうは見えない。

麻生も相当なイケメンだが、お母さんもとても綺麗《きれい》な人だった。

知的美人とでもいうんだろうか。黒々とした髪を品よくまとめ、ほっそりした身体に白いブラウスと丈の長いスカート、それに大判のショールをまとっている。

麻生はどちらかというと母親似なんだな、と視線がこちらにこないのをいいことに、母親を観察し続けていた俺の耳に、酷く不機嫌な声が響いた。

「お母さん、まだ話は途中ですが」

声は母親が飛び出してきた部屋の中から聞こえたものだった。ドアは今、室内で佐和子が押さえている。

麻生の母親を『お母さん』と呼ぶということは、中にいるのは彼の弟か、と、好奇心が芽生え、室内を窺った俺は、目の前に開けた光景に驚いたあまり声を失ってしまった。

「私のほうではもう話すことなんてありませんよ」

麻生来訪の感激に目を輝かせていた今までの表情からは一変し、いかにも不機嫌そうな顔となった麻生の母が室内を振り返る。

「そうおっしゃらず。麻生コンツェルンの未来がかかっているのですから」

彼女の視線の先には、麻生と少しだけ面差しの似たところのある男が、いかにも堂々とした態度でそう告げていた。

彼の視界には麻生も入っているだろうに、あえて無視をしているように見える。

仕立てのいいスーツに身を包んでいるその顔は、麻生ほどではないが充分整っていたし、そういや経済誌に掲載されていた写真を見たことがある気がした。

確か麻生薫《かおる》という名の、麻生コンツェルンの跡取りである。

顔はまあまあなのに、倹《けん》のある表情のせいで、あまり人相よくは見えない——が、俺に声を失わせるほどの驚愕《きょうがく》を与えたのは彼ではなかった。

彼の横には長身の男がひっそりと立ち尽くしていたのだが、その顔に見覚えがありすぎるほどにあったため、俺は今、自分が夢でも見ているのではとしか思えなくなっていた。

「話は終わりよ。出ていってちょうだい」

麻生母が冷たく麻生弟、薫に言い捨て、さあ、というように目で促す。

「お母さん」

薫は不満げではあったが、そのとき傍らの男が彼に声をかけた。

「参りましょう。今、お母様に何を申し上げたところで聞く耳を持ってはいただけないでしょうから」

「……っ」

人違いかもしれない。いや、人違いに違いない。そう思い込もうとしたが、声まで一緒となると、やはり同一人物か。

動揺する俺の目の前で薫が「まったくもう」と溜め息を漏らしつつ、その男と共に部屋を出ていく。

薫はどこまでも麻生を無視し、しっかり目が合ったはずなのに、ふいとそっぽを向いて階段へと向かっていった。そのあとを追おうとする男の背に俺は思わず声をかけてしまっていた。

「す、すみません」

「はい？」

訝しそうな声を上げ、男が俺を振り返る。

「あの……」

やはり『彼』だ——確信した俺がそれを問い詰めようとしたとき、

「何をしている！　早く行きましょう！」

薫が振り返り、男を怒鳴りつけた。

「はい」

男がすっと俺から目を逸《そ》らし、薫に続く。

「……………」

どうして——驚愕が大きすぎると思考は止まるものである。

いったい何がどうなっているのか。まるでわからないとただただ立ち尽くしていた俺の耳に、麻生が母親に問う声が響いた。

「誰です？　あれ」

「ああ、薫が雇った探偵よ。もと刑事なんですって」

母の答えに麻生が「えっ？」と驚きの声を上げる。

麻生の視線が今、俺にあることは見ずともわかった。が、俺は立ち去っていく『彼』の背から、目を逸らすことができずにいた。

「トラちゃん？」

訝しげに声をかける麻生に答える余裕もなかった俺の口から、男の名が漏れる。

「……華門《かもん》……」

そう、今、しっかり目を合わせたにもかかわらず、まるで知らない人間を見るような目を向けられた相手は、どう考えても、もと刑事の探偵、なんて俺と似たような経歴の人物ではなく、まさに華門饒《じょう》——俺側では『付き合っている』という認識の殺し屋、その人だった。

## 2

「どうしたの？　トラちゃん」

麻生に肩を揺さぶられ、はっと我に返る。

「すみません、あの……」

今の男の名を知りたいが、問える相手は麻生ではなく母である。そう気づいた俺は麻生には、

「なんでもないです」

と無理やり笑顔を作り首を横に振ってみせた。

「いやだ。なんだか真っ青よ？」

大丈夫？　と麻生が心配そうに小声で問いかけてくる。

「恭一郎、そちらの方は？」

と、そのとき少し離れたところにいた彼の母が問うてきた。俺は『友人です』と答えようとしたが、それより前に麻生が口を開いていた。

「友達です。誤解しないでください。恋人ではなく本当のただの友達ですから」

「あら、そうなの。綺麗な人だからてっきり、新しい恋人だと思ったわ」

そう言いながらも母は少しほっとした顔となり、

「さあ、どうぞ」

と俺たちを室内へと導いた。

「お友達の……」

名を問おうとする母に、今回も俺より先に麻生が答える。

「トラです」

「トラさん？　変わったお名前ね」

母はきょとんとした顔になったものの、すぐに、

「ご気分が悪いのなら、このソファで横になってね」

と親切に勧めてくれた。

「ありがとうございます。大丈夫です」

それより話を、と意気込んだ俺の言葉は、母にも麻生にもまるっと無視されてしまった。

「しかしなんで薫は探偵なんて雇ったんです？　しかももと刑事とか……」

無視はされたものの、麻生が振った話題はまさに俺の知りたい件で、聞き耳を立てたのだったが、母の愛がそれを吹き飛ばした。

「そんなことより恭一郎、最近の記事、読んでいますよ。なんだか危険なものが多いけれども大丈夫？」

「大丈夫です。特に危険というわけでは……」

麻生が、参ったなというような顔になる。

それにしても、俺を『恋人ではない』と訂正するあたり、母親にも、そして使用人の佐和子にもカミングアウトをし、それを受け入れてもらっているようだ。

なのに、口調はいつもとは違い、あからさまなオカマ言葉を封印している。佐和子に対しては普段どおりだったが、母親に対しては普通の言葉——というよりは若干、丁寧語に近いが——で話していた。

それなりに気を遣っているということだろうか——普段であればそんな観察もしただろうが、今の俺に余裕は皆無だった。

「あの、すみません」

会話を続けようとする二人の間に割り込み、どちらもきょとんとした顔になった母子をかわるがわるに見ながら問いかける。

「あの探偵ですが、名前はなんというんです？」

「まあ、怖い顔」

「ああ、実は彼はもと刑事なんです。もしや見知った人物だったのかも」

麻生も眉を顰めていたが、そうフォローしてくれつつ、俺に、そういうこと？　と目で問いかけてきた。

「はい……」

頷いたあと、知らない、と言ったほうがいいかと思い直す。

「いいえ」

「どっちなのよ」

ここで麻生の地が出た。が、それも一瞬で、コホン、と咳払いをしたあと、

「具合が悪いなら休んでいるといい」

と言い捨て、俺から視線を母へと逸らす。

「あなたのお部屋で休んでいてもらったら？　今日は泊まっていくでしょう？」

「まだ僕の部屋があるんだ」

母の言葉に麻生が驚いたように問いかける。俺はといえば会話の内容よりも麻生の『僕』につい反応してしまっていた。

「………」

もともと麻生は男くさい美形である。ライダースーツでハーレーを乗り回す姿は、男の俺でもぼーっとなってしまうほどかっこいい。

性指向は勿論のこと、あのオカマ口調が惜しいよなと常日頃思っていたものの、彼の口が『僕』なんて語るともう違和感がハンパなく、俺は思わず吹き出しそうになってしまった。

気配を察したんだろう、麻生はじろりと俺を睨むと、

「当たり前じゃないの」

と微笑《ほほえ》む母に向かいまた首を横に振る。

「もう僕は勘当された身ですから……お父さんも不快に思っているんじゃないですか」

「そんなことないわ」

母は即座に否定していたが、それが『嘘《うそ》』ということは傍《そば》で見ている俺にもわかった。

「……まあ、いつでも片づけてくださいさい。なんなら今すぐ片づけますけど」

「やめてちょうだい。そんなことさせるために呼んだんじゃありませんよ」

母はあからさまにむっとしてみせると、

「それより」

と話題を俺へと戻した。

「お友達にあなたの部屋で休んでもらうといいわ。昔のアルバムもあるし。あ、そうそう、恭一郎の子供の頃の写真、ごらんになる?」

「……いえ、結構で……」

丁重に拒絶しようとした俺の声にかぶせ、麻生のぶっきらぼうな声がする。

「お母さん、さっきも言いましたが、彼は私の恋人じゃありません。単なる友人です」

「わかってますよ。ねえ、あなた、トラさんでしたっけ。恭一郎の写真、ごらんになりたいでしょう?」

「……あの……」

にこにこと、実に愛想よく持ちかけられた話を、きっぱり拒絶することは人のいい俺にはできなかった。

「……はあ……」

頷こうとした俺を麻生が睨み、『馬鹿』と声に出さずに叱《しか》りつける。

「それより、どうして薫は探偵など雇ったんです？」

このままでは話が進まない。麻生はそう思ったようで、強引に話題を変えた。

「脅迫状がきたのよ」

母の答えに俺と麻生、二人して驚きの声を上げる。

「ええっ？」

「脅迫状ですって⁉」

麻生にいたっては驚いたあまり、すっかり地が出てしまっている。逆に衝撃的な答えを口にした母親のほうは、あっさりしたものだった。

「お父さんもよくもらっていたじゃないの。似たような脅迫状よ。次期社長の座についたら命はない、みたいなもの。それをあの子は真に受けて、護身用に探偵を雇ったようよ」

「……あの、脅迫状が来たことは警察には届けたんでしょうか？」

さすが大会社の社長夫人、肝が据《す》わってるというかなんというか、脅迫状など慣れたものということなんだろう。

この分だと、警察に届けてもいないんじゃあ、と思いつつ問いかけると、

「薫が届け出をしたそうよ」

いかにも、オーバーねえ、と言わんばかりに母は肩を竦《すく》めてみせ、俺と麻生を絶句させた。

だが絶句している場合じゃない。今こそあの探偵の名を聞かねば、と咄嗟《とっさ》に頭を働かせる。

「雇った探偵ですが、なんという名前です？　身元は確かなんですか？」

「名前？　なんていったかしら」

興味ないから覚えていないわ、という母の言葉にがっかりしかけた俺に、救世主が現れた。

「神野孝介《じんのこうすけ》という名でした。確か」

佐和子が遠慮深くそう告げ、俺のもう一つの問いにも答えてくれる。

「県警の葛谷《くずや》警部の紹介ということでしたので、身元は確かではないかというお話でしたが
……」

「警察が探偵を紹介？　おかしな話よねえ」

麻生が疑問を口にしたものの、すぐに口調に気づいたようで、

「興味深いですね」

と言い直す。

「そんなことより、恭一郎、疲れたでしょう？　お茶も出さずにごめんなさいね。何を飲む？

コーヒー？　紅茶？　それとも冷たいもののほうがいいかしら」

母は麻生の言葉遣いに気づいているのかいないのか、それは嬉しそうに笑いながら彼の世話をあれこれ焼きはじめた。

「いや、一度顔を出せといわれたので出しただけですから」

もう帰ります、と立ち去ろうとする麻生に、文字どおり母が縋る。

「そんなこと、言わないでちょうだい。遠いところを来てくれたんですもの、今日は泊まってくれるでしょう？」

「……お父さんの具合が悪くなっては大変ですから」

帰ります、と微笑む麻生に母が、

「そんなことはないわよ」

と悲しげな顔になる。

「泊まってほしいわ」

「ホテルをとっていますから」

「それならせめて夕食を一緒に」

「だからお父さんが嫌な思いをするでしょう」

「大丈夫よ！　お父さん、まだ食事は別なの。一人でお部屋で食べているのよ。だから顔を合わせることはないわ」

どこまでもどこまでも食い下がる母に、とうとう麻生が白旗を揚げた。

「……わかりました。それでは夕食を食べたら帰ります」

「ありがとう、恭一郎」

礼を言いながらも母は少し残念そうだった。よほど麻生には留《とど》まってもらいたいようだ。

愛されているなあ、と思いつつ二人の様子を見ていたところ、いきなり母の視線が俺へと向けられてきた。

「トラさんもどうか、ゆっくりなさってね。何か召し上がりたいものはあるかしら。料理長になんでも作らせるわ」

「りょ、料理長？」

ホテルか、と驚いたのは俺ばかりで、質問を投げかけたものの俺の答えにはまるで興味がないらしい母が、嬉々《きき》として麻生に問いかけている。

「料理長が山本《やまもと》さんから真田《さなだ》さんという人に変わっているのよ。山本さんも美味《おい》しかったけれど、真田さんも美味しいわ。恭一郎の口にもあうんじゃないかしら。何か食べたいものはある？　せっかく来てくれたんだもの。真田さんお得意のジビエ料理にでもしてもらいましょうか」

「坊ちゃまは以前、鹿《しか》を美味しい美味しいと召し上がってらっしゃいました」

麻生が答えるより前に佐和子が遠慮深く口を出し、母がその言葉に飛びついた。

「ああ、そうだったわね。鹿がいいわ。佐和子さん、鹿をお願い」

「かしこまりました」

佐和子が深く頭を下げ、料理長に『鹿』と伝えるために部屋を出ていく。

『鹿をお願い』と母はあっさり言ったが、だいたい鹿肉ってそんなに簡単に入手できるものなんだろうか。まさかストックがあるのか？

そんな疑問を覚えていた俺にまた、母の視線が向けられる。

「トラさん、恭一郎の子供の頃の写真、すぐに持ってきますね」

「だからお母さん、彼はただの友達で恋人ではありませんって」

今にもアルバムを取りに行きそうになっている母を麻生が困り果てた様子で止めている。

母子の間に割り込めるわけもないが、それ以前に俺には気になって仕方がないことがあった。

あの神野という探偵のことである。

果たして他人のそら似なのか。それともあれは華門なのか。

なんとか確かめる術はないものか。そう悩む俺の耳には、母と麻生が声高《こわだか》になにやら揉《も》めてる声も入らないほどで、いきなり母に「これ、アルバム」と手渡されるまで、一人考え込んでしまったのだった。

夕食までの時間を俺は、麻生と彼の部屋で過ごすことになった。

「凄いですね」

相変わらず不機嫌そうな彼に話しかける。というのも、母が手つかずで残していたという彼の部屋はまさに『凄い』としかいいようのないものだったためだ。

壁一面に、ハーレーのポスターが何枚も貼ってある。本棚もバイク関係の写真集が多かった。会社の役員用のような大きな机には懐かしい型のパソコンが置かれ、ベッドはキングサイズといっていい大きさである。

部屋の広さは十畳以上あるだろう。おそらく麻生が学生時代に使っていたのだろうが、ここが本宅ではなく別荘かと思うと、それでこうも立派なのかと感心せずにはいられない。

「麻生さんて本当に……」

お坊ちゃんだったんですね、と言いかけた俺の言葉に麻生の声が被《かぶ》さる。

「家のこと言われるのは好きじゃないのよ」

「ああ、すみません」

確かに今まで一度も話題に出なかったことを思うと、あえて避けていたんだろう。察した俺はここで話を変えることにした。

「脅迫状が気になりますね。あの探偵も」

「母はぜんぜん気にしてなかったけどね」

馬鹿にした口調で麻生はそう吐き捨てた直後、

「そうだ！」

何か思いついた顔になり、俺に迫ってきた。

「な、なんです？」

「トラちゃん、あんた、あの探偵と何かワケアリなの？」

「ええっ？」

そこにきたか、と動揺したことで、『ワケアリ』と悟られてしまったようだ。

「やっぱりそうね。警察時代の知り合い？　向こうは知らん顔してたけど、あれはわざと？　それともトラちゃんが一方的に知ってるの？」

マシンガンさながら、問いかけてくる麻生を誤魔化《ごまか》すのは無理だった。が、真実を言えるわけもない。

「知り合いに似てたんです。でも名前を聞いたら違う人だなと」

「知り合い〜？　そんなライトな関係だったら、あそこまで顔色変わる〜？」

意地悪そうな口調の麻生が俺の顔を覗き込む。

「白状なさいな。知り合いじゃないんでしょ？　元彼とかなんじゃないの？」

「違いますよ」

即答できたのは『元』じゃないからなのだが、麻生は納得してくれなかった。

「じゃあ誰よ」

「だから、知り合いです」

「ああ、わかった。事件の犯人とか?」

「まあそんなところです」

適当にあわせるとすぐ、

「嘘ね」

と見破られる。

「どうして嘘って思うんですか」

「当たり前じゃないの。トラちゃんごときの嘘を見抜けずにルポライターなんてやってられますか」

徹底的にやりこめられ、ぐうの音も出なくなる。

「………参りました」

それで機嫌を直したのか、はたまた俺に八つ当たり——なんていうと怒られるだろうが——したことで気がすんだのか、麻生は、

「まあ、言いたくないなら言わなくてもいいけど」

と追及をやめてくれた。

「言いたくないってわけじゃないんですけどね……」

できることなら麻生の、『俺ごとき』の嘘などひと目で見抜く慧眼《けいがん》と取材力で、あの神野という探偵について調べてもらいたい。

――って、俺がその『調べる』のを生業《なりわい》にしている探偵じゃないか、と、少々自己嫌悪に陥っていたところ、麻生の大きな溜め息が聞こえ、はっと我に返った。

「憂鬱《ゆううつ》だわ。本当に憂鬱」

「夕食ですか？」

おそらくそうだろうと思いつつ問うと、麻生はそのとおり、というように大仰なほど『憂鬱』そうな顔で大きく頷いてみせた。

「長男と次男だと、もともと長男を可愛がる風潮の家庭ではあったのよ。ウチは」

家のことは話したくない。そう言ったのは本人だったはずだが、気が変わったのか、はたまた喋ることで気を紛らわせようとしたのか、麻生の話は続いた。

「その上あたしが勉強もスポーツも優秀だったものだから……って別に自慢じゃないわよ、単なる事実」

「……わかってます」

やはり自慢じゃあ、なんて突っ込めば話が長くなるのでそのまま流す。

「だから、父も母もあたしには物凄く期待して、とにかく子供の頃からちやほやしてくれたのよ。とはいえ弟の薫に対して、特別キツく当たってたってわけじゃないのよ。世間並みには可愛がっていたと思うわ」

「……で、弟さんは麻生さんのことを未《いま》だによく思ってない、と……」

あの無視っぷりはそうだろう。確認をとると麻生は、

「そ」

と頷き、やれやれというように肩を竦める。

「父親はあたしを跡継ぎにするつもりだったけど、あたしは新聞記者になりたくて、勝手に就職活動始めちゃったあたりから、親子関係がぎくしゃくしてきちゃったのよね。せっかく内定とれた会社に父が勝手に断りを入れようとしているのがわかって、それで大喧嘩《おおげんか》。そのとき勢いでカミングアウトしたから勘当を申し渡されて……私的には好きな道に進めるからラッキーではあったんだけど母が気にしちゃってねえ……」

はあ、と悩ましげな溜め息を漏らし、麻生が天井を見やる。

「息子がゲイになったのは自分のせいだって思い込んじゃって。もしかしたら父に責められたのかもしれないわね。それで、今まで以上にあたしに愛情を注ぐようになっちゃったのよ。ゲイであることを受け入れるのも母の愛ってことなのか、ゲイの身内を持つ家族の集会とかにも顔を出すし、今やゲイを社会に認めさせようとかいう団体にも所属してるみたい」

参ったわ、と溜め息を漏らす麻生の視線が俺へと移る。

「で、薫はそれも気にくわないわけ」

「薫さん、マザコンなんですか」

母親の愛情をより注がれている兄に対して憎しみを持つとは、ぶっちゃけそうなんじゃないかと思う。

「マザコンでもあるけど、プライドの問題みたいよ」

麻生は俺の言葉を肯定しつつもそう答え、再び自慢としか思えない発言を始めた。

「今まで優秀な兄には何一つとしてかなわなかった。でも兄がゲイばれして勘当になり、家を追い出された。当然ながら家族の愛情も期待も自分に集まるはず……と思ったにもかかわらず、母親は相変わらず優秀な兄に夢中だし、父は父でまるで自分を気にかけてくれない。いったい自分のどこが兄に劣るのか——全部だよってことが、薫にはわかってないのよねえ」

「……まあ、麻生さんは優秀だろうとは俺も思いますけどね」

自分でそこまで言わずとも、と呟いた俺の言葉をきっちり麻生は拾う。

「そうなのよ。赤の他人のトラちゃんだってわかってるそのことが、薫にはわからないのよ。自分の能力を見極められないあたり、経営者には向いてないんじゃないかと思うけど……まあ、それはあたしが口出すことじゃないからね」

麻生はそう言うと、

「ああ、憂鬱」

と溜め息をつき、またも天を仰いだ。

「夕食の席がどれだけぎくしゃくすることか。薫もまだまだ子供なのよ。さっきみたいにずっと無視してくれればいいけど、何か一言言わないと気がすまないのよねえ」

「一言？」

何を、と答えを予想しつつ問いかけると、予想どおりの言葉が返ってきた。

「オカマとか、下品な職業とか……まあ、別にどう思われようがあたしはいいんだけど、それにいちいち母親が反応するのよ。あたしのせいで母子仲が悪くなるのはやっぱり、後味悪いじゃないの」

「家族思いなんですね」

揶揄する気はなく、心からそう思ったのだが、麻生にはむっとされてしまった。

「からかうんじゃないわよ」

「いや、ここは『単なる事実』と自慢するところなんじゃないかと……」

母が感じなくてもいい責任を感じているのがわかるから、母親に対してはオカマ言葉を使わない。

弟が必要以上に親から疎まれないようにと気を遣っている。

どちらも家族思いである証明じゃないかとは思うが、麻生にとってはあまり、好ましくない話題のようで、

「やっぱりトラちゃん、自慢だと思ってたんじゃないの」

と話題を逸らされてしまった。

「自慢っていえば、春香こそ、自慢屋よね。恋人と一緒に軽井沢でのバカンスを楽しみたいとかいっちゃってさあ」

「春香さんとはホテルで待ち合わせですよね」

もう到着しているだろうか、と携帯を取り出す。遅くなると連絡を入れようとしたのだが、

「邪魔することないわよ」

と麻生に止められてしまった。

「麻生さんは友達思いでもあるんですね」

バカンスを邪魔するなという気遣いに感心しただけなのに、麻生はやはりからかわれていると感じたようだ。

「トラちゃんってさ、性格悪いって言われない？」

「だからここも『事実』って自慢するところかと……」

「だからあたしは自慢しないんだってば」

麻生との関わりは『困ったときの麻生頼み』で、調査依頼をしたことくらいしかない。

そのたびにいい働きをしてくれる麻生がショタであることは知っているし、今では俺の友人の子供時代に恋してるという事実も知っちゃいるが、それ以外の知識はなかった。

新たな一面を見せられた結果、ますます麻生が好きになる。見た目同様、中身も『男が惚れる男』だよなあと思いつつ俺は、

「まったく、冗談じゃないわよ」

とぶうたれる彼に、憧《あこが》れの眼差《まなざ》しを向けてしまったのだった。

# 3

七時すぎに佐和子が「お食事の支度が整いました」と麻生と俺を部屋に呼びにきた。

「父は本当にいないんでしょうね」

確認をとる麻生に佐和子が「はい」と切なげな顔をして頷く。

「父にはあたしが戻ってるって伝わってるの？」

その問いに佐和子は一瞬口ごもったあと、

「まだかと思います」

と答えたが、おそらく嘘と思われた。

「食べたらとっとと出ましょう」

麻生が俺に告げた言葉に、佐和子は動揺していたが、引き留めるような発言はなかった。

食事は『食堂』に用意されているという。その『食堂』に到着したとき、あまりの立派さに俺は思わず言葉を失ってしまっていた。

「恭一郎はこの席にどうぞ」

最上座のいわゆるお誕生席はこの家の当主、麻生の父用とみえて空席となっていた。

母が勧めたのはその席を除き、最も上座と思しき席だった。隣の椅子《いす》はどうやら俺用らしく、麻生の母はその隣に座っている。

室内にはまだ母しかいなかった。勧められた席に向かいながら麻生が母に問いかける。

「薫も一緒なんですか」

「やめておこうかとも思ったんだけど、無視するだのなんだのうるさいから声はかけたわ。でも、来るかしらね」

来ないんじゃないかしら、と母が興味なさげに答えたそのとき、食堂のドアが開き噂の薫が入ってきた。

「……っ」

彼のあとから、神野という探偵が続いて部屋に入ってくる。どう見ても華門としか思えないその顔が目に入った瞬間、俺の鼓動はどきりと大きく高鳴り、息苦しいような気持ちに陥った。

「あら、探偵さんもご同席？」

母が冷たい口調で薫に声をかける。答えようとした彼より先に、探偵が口を開いた。

「私の分は不要です。ボディガードとして付き添っているだけですので」

「馬鹿馬鹿しい。家の中ではボディガードなど不要でしょうに」

呆れた声を上げた母だったが、対する薫の言葉には顔色を変えた。

「今日から部外者がいますからね。用心に越したことはありません」

「部外者ってまさか、恭一郎のことを言ってるんじゃないでしょうね」

色めき立つ母を、いや、それは多分俺のことです、と取りなそうとしたが、どうやら薫の言う『部外者』は、母の予想どおり麻生を指すようだった。

「お父さんが元気なときは家に近寄ろうともしなかったくせに、そろそろ会社を退くという今、急に顔を出すだなんて、狙《ねら》っているとしか思えないじゃないか」

「やっぱりあなたはお馬鹿さんね」

母がさも馬鹿にしきった顔でそう告げ、はあ、と溜め息をつく。

「私が無理に呼んだのよ」

「今までだって無理やり呼び戻そうとしても、顔を出しやしなかったじゃないですか」

薫は相当むっとしているようで、母まで責め立て始めてしまった。

「だいたいお母さんは、なんだって兄貴の肩ばかりもつんです。長男がそんなに偉いんですか？　家業も継がず、下卑《げび》た職業についている。兄貴は麻生家の恥さらしです。できの悪い子ほど可愛いってアレですか」

「そのとおりでいいから。もうやめましょう。食事が不味くなるから」

ここでようやく麻生が口を開いた。母が自分を庇った結果、弟と揉めることに心を痛めたのだろう。

物凄い譲歩だと思しき発言だというのに、薫は逆に馬鹿にされたとでも思ったらしく、今まで以上に怒り出してしまった。

「人格者ぶってるが、腹の中では何を考えているんだか。案外、あの脅迫状も兄貴が出したんじゃないのか？」

「馬鹿なことを言うのはやめなさい！」

それを聞き、母親までもが激昂したため、最早食事どころではなくなってしまった。

「そこまであなたが愚かだとは思わなかったわ！」

「馬鹿でも愚かでもありません。脅迫状の消印は港区の郵便局でした。兄さんが住んでいる場所じゃないですか」

「あなた、本気で恭一郎がそんなことをしたと思っているのっ」

「本気に決まっているじゃないですかっ」

薫もまた激昂して叫ぶと、

「なあっ」

と背後を振り返り、神野という名の探偵に同意を求めた。

「港区の消印であることは確かです」

神野が言葉少なく答え、麻生を見やる。

「指紋を採取しようとしたのですが、手袋をはめていたようで一つも見あたりませんでした。

ゆえに確認のしようはないのですが」

「確認なんてする必要ないわ！　恭一郎がそんな馬鹿げたこと、するわけがないでしょう！」

「なぜそう言い切れるんですっ」

薫が更に大きな声を出した次の瞬間、麻生が席を立った。

「帰ります。ここにはいないほうがいいでしょう」

「恭一郎、何を言うの？　あなたが出ていくことなんてないのよ？」

「ほら、この場に留まれないのが証拠じゃないですか」

引き留めようとする母と、勝ち誇ったような弟、どちらも麻生は無視し、部屋を出ていこうとする。

「あ、麻生さんっ」

慌てて俺もあとを追うものの、内心、神野のことが気になって仕方がなかった。

「待って、恭一郎さん」

「お母さん、放っておきなさい」

母と弟の声、両方を背に俺は麻生に続き部屋を出ると、そのまま真《ま》っ直《す》ぐ玄関へと向かう彼に呼びかけた。

「麻生さん」

「やっぱり来なきゃよかったわ。誰が脅迫状なんか出すかっつーのよ」

あの場では怒りを露《あら》わにしなかったものの、麻生もまた、弟の暴言には相当腹を立てていたようだ。

「とっとと東京に帰りましょう。本当にもう、むかつくったらないわ！」

ブーツを履きながら麻生が吐き捨てる。と、そのとき背後から、

「坊ちゃま！」

という佐和子の声と共に、ぱたぱたという彼女のスリッパの音が響いてきた。

「行くわよ、トラちゃん」

「あ、はい」

呼び止められては面倒、と手早く靴を履き終え、外に出ると麻生は、いつの間にか玄関前まで移動されていた彼のハーレーに跨《また》がり、俺にも早く乗るよう急《せ》かした。

「あの、麻生さん」

「とっとと行くわよ。あー、もう、本当にむかつくっ」

怒りのままに麻生はエンジンをかけ、アクセルを踏み込む。そのまま彼は来た道とは違う通路へと向かっていった。

アスファルトの広い通路はどうも、車専用の門へと向かうもののようで、すぐに見えてきた大きな門は少し開いていた。

その間をすり抜けるようにして麻生は外に出ると、一段とスピードを上げ、昼に来た道を

引き返し始めた。

「麻生さんっ！　もしかして東京に戻るんですかっ？」

それでは困るのだ、と慌てて彼に問いかける。

「当たり前でしょ！」

スピードを上げながら麻生が答える声が風に乗って聞こえてきた。

「そんな……っ」

今、帰京は困る。俺は必死に麻生を引き留めにかかった。

「春香さんとの待ち合わせ場所に行きましょう。きっと今頃、心配してると思いますよ」

「知らないわよ。春香は君人と二人で、今頃いちゃいちゃしてることでしょうよ！」

あたしがこんなに不愉快な思いをしてるのにさあ、と、憤懣《ふんまん》やるかたなしといった調子で言葉を続ける麻生の気持ちを変えるのは、ずいぶんと大変そうだった。

「せめて顔くらい出しましょうよ。黙って東京帰ったりしたら、春香さん、怒りますよ」

「怒ってるのはあたしだっつーの」

宥《なだ》めようにも聞く耳を持ってもらえない。なんとか麻生を引き留める手は、と必死で頭を働かせる。

「それなら、春香さんにメシ、おごらせましょう！　そのくらいはしてもらわないと麻生さんも気がすまないでしょう？」

怒りに同調、これでどうだ、と望みを繋ぐ。

「それもそうよね」

俺の読みは無事に当たり、麻生の気を変えることがなんとかできたようだった。

「ホテル、どこだっけ？」

「プリンスのコテージだったかと」

「まさかの同室かしら。あー、やだやだ」

そう言いながらも麻生はその後真っ直ぐにホテルに向かってくれ、俺を心底ほっとさせたのだった。

俺が軽井沢に留まりたい理由はずばり、華門にしか見えないあの神野という探偵を探りたいがためだ。

本当に他人のそら似なんだろうか。世の中には同じ顔をした人間が三人いるという。華門もまた例外ではないのかもしれないが、俺にはどうにもあれが華門本人に思えて仕方ないのだった。

骨格が似ていれば声も似てくる、そう言われちゃおしまいだが、あの声は間違いなく華門のものだ。

なぜ殺し屋であるはずの彼が探偵を名乗っているのかはわからない。それを究明するまで俺は、軽井沢を離れたくなかった。

麻生に帰京されては彼の家に出向く理由もなくなってしまう。それゆえ麻生には軽井沢に留まってもらいたいが、このままではどうやら無理そうだった。

何かしらの手を考えねばと思うのだが、そうそういいアイデアなど浮かばない。

こうなったら春香を巻き込み、なんとしてでも麻生に帰京は思い留まらせよう——そんな決意を胸に俺は、タンデムシートで一人拳《こぶし》を握りしめたのだったが、どうやら俺には幸運の女神がついていていたらしい。

それを知るのはホテルに到着してからになるのだが、なんとプリンスホテルでは思いもかけない人物が俺たちを待ち受けていたのだった。

春香の携帯に電話をかけ、どのコテージに泊まっているのか、部屋番号を聞こうとしたが繋がらなかったため、俺と麻生は仕方なくホテルのフロントへと向かった。

さて、春香の名前での宿泊者予約を聞かねば、とフロントマンに声をかけようとしたそのとき、背後から聞き覚えがありすぎるほどにある声が俺の名を呼び、驚いて思わず振り返ってしまったのだった。

「大牙！　ああ、よかった、無事に会えて！」

「鹿園《しかぞの》っ⁉」

　どうしてお前が、と、親友にして以前の同僚でもある、警視庁捜査一課勤務の刑事、鹿園祐二郎《ゆうじろう》をその場に見出した俺は、彼に駆け寄り理由を問いただそうとした——が、かなわなかった。

　というのも、俺を突き飛ばし、麻生が鹿園に駆け寄っていったからだ。

「マイダーリン‼　どうしたの～⁉　まさかと思うけど、あたしに会いに来てくれたの
っ⁉」

　麻生の質問は俺の聞きたいことだったから、まあ、いいのだが、鹿園を『マイダーリン』と呼ぶのはいただけない。

　麻生は鹿園の少年時代の写真を見た瞬間、過去の彼に恋に落ちてしまったのだった。理想の半ズボン少年だということだったが、今では鹿園も成長し、半ズボンなど穿《は》くわけがない。わかっているだろうによほど『理想』だったようで、それ以来麻生は鹿園を運命の人と位置づけ、あわよくばと常に狙っている。

　鹿園は本人も東大出のエリートだが、バックグラウンドがまた素晴らしい。父親は著名な代議士、兄は警察庁のお偉方という正真正銘のお坊ちゃんだ。

　純粋培養育ちの彼には、百戦錬磨——とはいえ趣味が趣味だけに敗退しているケースが多いだろうが——の麻生のアプローチはキッかろう、と俺はできるだけ二人の間のクッション

になろうとしていた。

抱きつかんばかりの麻生をかわし、鹿園が俺へと歩み寄る。

「いいえ、大牙が軽井沢に旅立ったと兄から聞いて」

「え？　お兄さんから？」

問い返したと同時に、鹿園の兄が誰からその情報を得たのか、瞬時にして俺は思い当たってしまった。

「……兄貴か……」

そう、警察庁のお偉方である鹿園の兄、鹿園理一郎《りいちろう》は今、ビッチで有名な俺の兄貴、凌駕と付き合っているのだ。

おそらく春香が兄貴に漏らし、それを兄貴が鹿園兄に告げたのだろうと察しはしたが、だからといって鹿園がなぜ軽井沢に駆けつけてきたのか、その理由はさっぱりわからない、と彼に問いかける。

「お兄さんに聞いたにしてもなんで？」

「だって麻生コンツェルンには脅迫状が届いているんだろう？　危険じゃないかっ」

「え」

さすが早耳。感心していた俺の横で麻生が感極まった声を上げる。

「やーん、マイダーリン‼　やっぱり心配してくれたのーっ！」

「はい、大牙を」

あっさり答える鹿園を抱き締めようとした麻生がずっこける。

「あーさいですか」

「さあ、大牙、僕の別荘に行こう。お前を迎える準備は整っている」

ぶうたれる麻生をまるっと無視し、鹿園が俺に手を差し伸べる。

「お前の別荘？」

そんなもんがあるのか、と問おうとし、鹿園家なら軽井沢に別荘の二軒や三軒持っているか、と思い当たる。

「いやしかし……」

「麻生家の別荘の近所だから心配ではあるんだが、是非《ぜひ》とも来てほしいんだ」

「麻生家の近所？」

それなら行く、と言おうとした俺の声にかぶせ、

「いくーっ」

という麻生の声が響く。

「あ、いや、その……」

途端にあからさまなくらいに迷惑そうな顔になった鹿園を抱き締めんばかりにして、麻生が彼に訴えかける。

「あたしも行くわ！　だってトラちゃんはあたしの付き添いとして軽井沢に来たのよ。それならあたしもダーリンの別荘に行く権利はあるわよね？」

「それは……」

今にも拒絶しようとする鹿園の言葉を封じねば、と俺はここで大声を張り上げた。

「麻生さんと一緒に鹿園の別荘に行くことにしよう！」

「トラちゃーん、あんた、いいとこあるじゃない！」

麻生が嬉しげな声を上げ、今度は俺に抱きついてくる。

「……任せてください……」

背に腹は替えられない。許せ、鹿園、と心の中で両手を合わせ、俺は麻生と共に鹿園の別荘へと向かうことになったのだった。

一応、春香にもそれを伝えると、春香と君人もまた、鹿園の別荘に行きたいと言い出した。

「人目を気にせず、いちゃいちゃしたいのよー」

充分していると思うが、春香的にはあれでも『人目を気にしていた』ようで、鹿園に自分と君人も世話になりたいと申し出た。

「もう、どうでもいいですよ。どうせ麻生さんも来るんだし」

なぜかひどく投げやりになっていた鹿園は春香と君人のジョインをも許し、まさに東京にいるときの面子《メンツ》そのままで俺たちは由緒正しき鹿園家の別荘へと向かうことになったのだった。

初めて訪れる鹿園家の別荘も、麻生家のそれに勝るとも劣らぬ、豪奢《ごうしゃ》なものだった。

「おかえりなさいませ」

メイドはいなかったが、鹿園を出迎えたのは燕尾服《えんびふく》姿の執事で、本物の執事を初めて見た、と俺は唖然《あぜん》としてしまった。

「予定が変わった。客人は大牙だけじゃない。全部で四人だ」

美しい銀髪の持ち主である老執事に鹿園が忌々《いまいま》しげに告げ、執事が「かしこまりました」と返事をする。

ハイソサエティ――上流階級なんて、日本じゃあり得ないと思っていたが、しっかり存在しているんだなあ、と俺はすっかり感心してしまっていた。

さっそく、執事が俺たちをそれぞれの部屋へと案内してくれたのだが、部屋割りにまず、麻生が文句をつけた。

「どうしてあたしが一人で、ダーリンがトラちゃんと一緒なのよ」

納得できない、と騒ぐ麻生を宥めるために、俺は三人部屋を主張した。

「それはちょっと……」

鹿園は渋ったが、麻生にはなんとしてでも軽井沢に留まってもらう必要がある。

三人部屋ならさすがの麻生も鹿園に手を出すことはすまい。

麻生の理性に賭《か》ける形で俺はなんとか鹿園を説得し、三人部屋の許可を得たのだった。

その後すぐ、皆で夕食となったのだが、その場で話題に出た麻生家の跡取り問題で、場は紛糾した。

「だいたい、あの弟じゃあ、麻生コンツェルンの跡なんて継げないわよね。器が小さすぎるしさあ」

「長い目で見てやるといいわよ。それに頼りないと思ったら父も相談役として残るんじゃないの？」

あれだけひどい対応をされたというのに、麻生は弟を庇《かば》っていた。

兄弟愛なのか、はたまた他に意図があるのかはわからない。

なんにせよ、俺が知りたいのはここだ、と疑問をぶつけていく。

「薫さんに届いた脅迫状が気になりますね。その対応のために雇われたという探偵も」

「あー、トラちゃん、ずっとあの探偵のこと、気にしてたもんね。なんだっけ、元彼？」

ここで麻生が言わなくてもいいことを口にしたせいで、場は一瞬、ひどく荒れた。

「大牙、元彼って？　お前、彼氏がいたことがあるのか？」

「トラちゃん、やっぱり彼氏いたの？　それがその探偵なのっ？？」

「違いますって‼」

どうしてそうなるのか、と俺は必死で軌道修正を試みた。

「俺が気にしてるのは探偵じゃなく、脅迫状ですよ。麻生さんのお母さんは慣れたものでしたが、薫さんのところに届いたのは初めてのようだった。彼に跡を継がせたくない人物がいるってことなんでしょうかね？」

「どうかしら。でも、薫が継がないとなると、可能性があるのは父の弟——雅也《まさや》叔父《おじ》さんくらいになっちゃうけど」

「今の副社長だね。言っちゃなんだが、弟さんより人望はあるような？」

鹿園が遠慮深く口を挟む。

「そうなんだ」

もしやこのメンバーで、麻生家について最も知識がないのは、君人を除いては自分なのか？　と反省しつつ相槌を打った俺の横で、君人が興味なさげな顔のまま、ぼそりと発言する。

「業界内では薫の評判のほうが悪いね。まあ、できすぎた父親を持った息子の悲劇って気もするけど」

なんと、君人は俺より、本件につき知識を持っていた。

参ったな、と内心溜め息をついた俺の横で麻生もまた、

「そうなのよねえ」

と溜め息を漏らす。

「薫も単体で見りゃ、悪くないとは思うのよね。父と比べるからかわいそうなわけで」

「……かわいそうって、麻生さん、優しいですね」

思わずその言葉が俺の口から漏れる。

薫に麻生は、自分への脅迫状を送った犯人扱いされただけじゃなく、酷い言葉ばかりを投げつけられていた。

なのに弟を庇う彼は、優しすぎるじゃないか、という俺の言葉に麻生が「違うわよ」と苦笑する。

「身内の恥を外に晒《さら》したくないってだけよ」

「恭一郎はマザコンだからね。おおかた、お母さんのことでも庇ってるんじゃないの？」

春香がここで混ぜっ返し、麻生が「マザコン〜？」と反論する。

「聞き捨てならないわね。あんたがマザコンだからって、あたしまで巻き込まないでよね」

「ちょっとお、あたしがマザコンだなんて、いい加減なこと言うのやめてよねー」

その後は麻生と春香のマザコン論争になったものの、俺は今までの話題を一人、反芻《はんすう》していた。

薫には人望がない。副社長をしている麻生の叔父——父の弟のほうが、次期社長に相応しいと思われている。

なのに脅迫状が届いたのは薫だった。待てよ。もしや叔父にも届いていたりして、とそれを突き止めようと鹿園に問いかける。

「さっきお前、脅迫状のこと持ち出してたけど、もしかして副社長にも届いているのか？」

「届け出は出ていない……が、可能性としてはありそうだよな」

頷く鹿園に、麻生が同調する。

「叔父さんは薫とは違って慎重派なの。隠してるという可能性は充分あるわ」

「そうなんですか」

鹿園が相槌を打ったことで、麻生のテンションはこの上なく上がってしまった。

「いやん、ダーリン！　やっぱりあたしを心配してくれてるのねーっ」

「いや、僕が心配しているのは大牙で……」

たじたじとなりながら訂正を入れる鹿園の言葉を、すまん、と思いつつぶった切る。

「脅迫状の出所について、警察の見解は？」

「わからないよ。指紋も採取できないんだし、消印についても港区ということしかわからないし」

「港区？　恭一郎の住んでるとこじゃない」

春香の突っ込みに麻生が「そうよ」と顔を顰《しか》める。

「おかげであらぬ疑い、かけられちゃったわ」

「やっぱそれ、麻生さんを犯人に仕立て上げようとしたんじゃないでしょうかね」

実は薫が消印を指摘したときから俺はそうじゃないかと疑っていた。

それを口にすることで麻生の気分を害するかもという恐れはあったものの、実のところ麻生もそう思っているのではないかという考えもあり、ここで彼にぶつけてみたのだった。

「……県警の紹介で探偵も雇ったとなると、やりすぎっていう気もするけどね」

麻生は一瞬言葉を選んだが、すぐ、肯定とも否定ともとれない返答をし肩を竦めた。

「県警に探偵を紹介させたのは、被害者アピールだとあたしは思うけど」

春香は俺と同じ考えのようだ。

「麻生コンツェルンの世代交代ともなれば、経済界を揺るがす大ニュースではあるから。跡取りが誰と決まっていないのだとしたら、脅迫状の二通や三通、届いても不思議はないが……」

鹿園は中立派なのか、注意深い発言をし、

「で?」

と俺に問いかけてきた。

「なに?」

何が『で?』なのかと問い返す。

「県警の紹介だというボディガードだよ。お前の元彼という話は本当なのか?」

「違うって言ってんだろ。しつこいな」

今、気にするべきはそこじゃない。わかってるだろうが、と鹿園を睨んだのに、彼は反省するどころか、

「だって……」

と、言い訳のめんどくさい女の子のような仕草で口を尖《とが》らせ、上目遣いに俺を睨んできた。

「最近の大牙、付き合い悪いし」

「あ、あたしもそれは思った！　トラちゃん最近、急にふいって事務所ほったらかしていなくなるし。絶対男できたと思うのよねえ」

「なんでそこで『男』なんですか。女かもしれないでしょう？」

鹿園が顔色を変え、春香に詰め寄る。

「てか、どうでもよくない？」

君人がぼそりと呟く。彼が言うまでもなく、本当にどうでもいいことだ、となんとか話題を切り替える。

「実際に脅迫状が狂言だとしたら、薫さんはお兄さんである麻生さんを陥れようとしているってことだ。麻生さんの身に危害を加えようとしているかもしれない。そもそも春香さんが俺に、麻生さんの軽井沢行きに同行させようとしたのは、兄弟仲がこじれていることを心配したからなんでしょう？」

「脅迫状のことまでは知らなかったけどね。跡取り問題で恭一郎が嫌な思いをするんじゃないかと、それが心配で」

肯定する春香を麻生が「余計なことを」とじろりと睨む。

「余計ってなによ。友情じゃないの」

「自分が恋人と軽井沢に行きたかっただけなんじゃないの？」

「なんですってぇ」

「まあまあ」

またも話題が逸れていく。慌てて話を引き戻すと俺は、

「そういったわけだから」

と皆を見回した。

「やはりここは、脅迫状の出状者が誰かをきっちり突き止めるのが先決なんじゃないかと思うがどうだろう？」

「えー、いいわよ。別に。あたしはもともと何もやっちゃいないんだし」

俺の提案をまず麻生が退け、

「実害が出てからでいいんじゃないのぉ？」

と、先ほどの口論でむかついたのか、春香までもがやる気ゼロの発言をする。

「実害が出てからじゃ遅いですよ！　金田一耕助だって毎回後悔してるでしょう？」

思い出せ、と訴えかける俺の横から、

「じっちゃんの名にかけて」

と君人が密《ひそ》かに突っ込む。

「金田一はともかく、まあ、事前に防げるのに越したことはないけどね」

心優しい春香がようやく同意し、

「疑いを持つくらいはいいけど」

消極的ながら、麻生も渋々同意の意を伝えてくる。

「まずは脅迫状についての警察の見解を、鹿園、すぐ調べて教えてくれ。容疑者はいるのかという部分を重点的に」

「ああ、わかった。問い合わせてみよう」

「もう一度、薫さんに話を聞きに行くことはできませんかね」

鹿園に頷き返したあと、麻生に尋ねる。

「えー、いやよ」

予想どおりといおうか、こちらはオッケーが取れなかった。となれば麻生抜きで、警察の聞き込みを装い薫本人に尋ねるしかない。

鹿園の、警視庁の刑事、しかも警視という肩書きを利用させてもらおう。こっちは麻生よりよっぽど簡単に懐柔できそうだ。

よし、と密かに拳を握り締める俺の脳裏に、神野と名乗った探偵の顔が浮かぶ。

他人のそら似という可能性は勿論、ゼロではない。だがあそこまで似ている人物が他にいるわけがない。

しかしあれが華門となると、なぜ彼があの場に、しかも名を偽ってまでいたのか、その理由が気になって仕方がなかった。

しかも俺を見知らぬ男のような目で見やがって――舌打ちしかけ、いけない、と唇を噛《か》む。

俺が一番気にしているのは彼に知らんぷりをされたことなのかもしれない。そのことに自分でも不自然なくらいに気づかぬふりをしながら俺は、明日、いかにして鹿園を懐柔するか、その方法を考え始めたのだった。

# 4

　さすが鹿園、翌朝には彼のもとに、麻生薫に送られてきたという脅迫状のコピーと、調査状況の資料が届いた。

「確かに港区の消印のようですね」

「やだ、あたしじゃないわよ」

　むっとした顔になる麻生に俺は「わかってます」と告げつつ、気を変えてくれないかなと再度、帰宅を促してみた。

「疑いを晴らすためにも、もう一度別荘に……」

「行かないわよ。行くわけないでしょう?」

　麻生が不機嫌に言い捨てたそのとき、彼の携帯電話の着信音が響いた。

「……何かしら」

　訝しげな顔で麻生が応対に出る。着メロはゴッドファーザーのテーマだったが、いったい誰なんだろうと興味を覚え、悪いと思いつつ耳をそばだててしまった。

「……はい……はい……」

言葉少なく相槌を打つ彼の様子からすると、よほど重要な用件のようだ。

これは下手《へた》をすると、麻生は早々に帰京してしまうかもしれない。そうなったらもう、鹿園に頼るしかないのだが——という俺の覚悟は無駄になった。

「……わかりました。伺います」

丁寧語で答えた麻生が、溜め息をつきつつ電話を切る。

「麻生さん？」

誰から、そしてどこからと問おうとするより前に、麻生が俺に向かい口を開いた。

「トラちゃん、これからウチに行くのに付き合ってくれる？」

「え？」

そりゃ渡りに船。思わず声が弾んでしまったが、なぜ、という疑問が芽生え、問いかける。

「あの、俺もいいんですか？」

「ええ。母が来てほしいんですってよ。どうもトラちゃんのこと、あたしの彼氏だと勘違いしてるみたいだわ」

「彼氏……ですか」

なぜにそのような勘違いを、と首を傾げた俺に、

「まったくもう、冗談じゃないわよ」

と麻生が吐き捨てる。

「すみません、なんか……」

謝る理由もぶっちゃけないが、気が変わられたら大変、と低姿勢を貫くことにする。

「別にトラちゃんが悪いんじゃないけどさあ」

麻生は本当にいい人と言おうか、俺の謝罪を受け申し訳なく思ったらしく、言い訳をしようというのか今の電話の説明をし始めた。

「父があたしに会いたいって言ってるんですって。で、是非トラちゃんを連れて来いって。あたしの彼氏が案外普通で安心したんじゃないかしら。春香と一緒に行ってたらきっと、二度と来るなって言われたんじゃないかと思うわ」

「ちょっとー、失礼じゃない？」

傍にいた春香が不満げな声を上げる。

「ああ、でも、大牙さんが彼氏なら、確かに安心するかも」

と、横から君人までもが口を出してきた。

「顔はそこそこ綺麗かもしれないけど、個性がないっつーか」

「あら、ダメよ、君人。いくらほんとのことだからって、そんなこと言っちゃ。トラちゃんだって当たり前の神経はあるんですもの。さすがに傷つくわよ」

そのつもりはないのだろうが、春香が君人を注意しつつも彼が俺の心につけた傷にしっかり塩を塗り込んでくれている。

「……来てくれというのなら、行きますか」

だが傷ついている場合じゃない。絶好の機会を逃すまじ——と俺は意気込んだのだが、ここで思わぬ邪魔が入った。

「大牙が麻生さんと付き合っていると思われているなんて、絶対納得できない！」

なんと先ほどまで、頼みの綱だったはずの鹿園が駄々をこね始めたのである。

「事実じゃないんだし、別にいいじゃないか」

恋人ではないのだから同行するべきじゃない。そう主張する彼をなんとか説得しようと試みる。

「よくない。行けばきっとお前は麻生さんの恋人だとご家族に思われるんだぞ」

「ご家族がどう思おうと、関係ないんじゃないか？」

事実じゃないし、とそこを主張したのに鹿園は、

「そんなのはいやだ！」

と駄々をこね続けた。

だいたい、恋人扱いされたことに対し、当事者である俺が気にするならまだ話はわかる。

鹿園はまったく関係ないじゃないか、と思うのだが、一歩も退こうとしないのには参った。

「……脅迫状の調査のためにも、行きたいんだよ」

だから黙ってくれ、と思ってそう言ったのに、なんと鹿園は、

「それなら僕も行く！」

と胸を張り、俺を唖然とさせた。

鹿園の同行については麻生も、

「本当のダーリンを紹介できるなんて感激だわっ」

と、即刻同意の意志を伝えてきたので、よくわからない面子ながらも、麻生と俺、それに鹿園の三人で麻生家の別荘へと向かうこととなったのだった。


「おかえりなさいませ、坊ちゃま」

これから行くと連絡を入れていたためだろう。門の前では佐和子が待機していて、タクシーで乗り付けた麻生を嬉しげに出迎えた。

「本当に父が会いたいって言ってるの？　母が無理やりあたしと父を会わせようと画策したんじゃないの？」

麻生が疑いの目を向けた先、佐和子が「とんでもない！」と目を丸くする。

「旦那《だんな》様がはっきりと『わざわざ来てくれたのなら会おう』とおっしゃっているのを、私はこの耳でしっかりと聞きましたよ」

「佐和子さんを疑うわけじゃないけど、父があたしのこと許したとは思えないのよねえ」

悩ましげに溜め息を漏らす麻生に、佐和子は何か――おそらく慰めの言葉を言いかけたものの、どうやら思いつかなかったようで口を閉ざした。が、黙り込むのも何かと思ったようで、とってつけたように、たった今鹿園の存在に気づいた顔になる。

「坊ちゃま、そちらの方は？」

「彼氏」

「え」

戸惑った声を上げた鹿園に麻生が、にっこり、と笑いかけた。

「父に紹介するわ、ダーリン」

「あらまあ。坊ちゃまの恋人は本当にトラさんではなかったんですね」

佐和子がびっくりした顔になるのに麻生が、

「そうよ」

当然じゃない、という顔になる。

「言っておきますけど、彼氏はトラちゃんより断然スペックが上よ」

胸を張る麻生の横で鹿園が「あの……」と意義を申し立てようとする。が、麻生はそれを綺麗に無視し、鹿園を佐和子に紹介した。

「佐和子さん、ダーリンの祐二郎。警視庁の警視よ。ダーリン、こちら佐和子さん」

「はじめまして……まあ、警視様ですか」

佐和子が目を輝かせ鹿園に挨拶する。

「あ、はじめまして。あの……」

鹿園は尚《なお》も訂正を試みたが、麻生の押しは強かった。

「警視様なら父も安心するんじゃないかしらね」

「そうですねえ。あらあら。大変ですよ。奥様にもお知らせしなければ……っ」

佐和子が弾んだ声を出し鹿園をうっとりした目で見つめている。

「……あ、あの……」

鹿園は基本的に人がいい。そしてサービス精神が基本、旺盛である。ここまで期待されるともう、違うとは言えなくなってしまったようだった。

「旦那様と奥様がお待ちです。さあ、どうぞ」

佐和子が麻生と鹿園、二人を屋敷内へと導こうとする。

これは結果オーライだった。おかげで一人で屋敷内を探索できる、と俺は一人拳を握りしめると、玄関へと向かう二人とさりげなく距離を置き、一人だけ庭に留まった。

問題はどうやって、神野と名乗る探偵と渡りをつけるかだ。そもそも彼は今、この屋敷内にいるのだろうか。

薫のボディガード役であるから、薫がいればいるのだろうが、在否を佐和子に確かめなかったことが悔やまれる。

それにいたとしても、どうやって呼び出せばいいのか。それを少しも考えていなかった。

偶然会えればいいけれど——なんて、そうまで自分にとって都合のいい展開はあるわけがない。

俺はそう思い込んでいた。が、幸運は唐突に目の前に訪れた。

「あ」

「………」

なんと、今、目の前をその神野が横切ったのだ。思わぬ偶然に驚きの声を上げた俺を一瞥《いちべつ》したものの、そのまま立ち去ろうとする彼を俺は思わず呼び止めていた。

「あの、すみません、神野さん」

「はい？」

名を呼ばねば、無視されかねなかった。ようやく足を止め振り返った彼の目の中には、訝しげな色しかない。

やはり本当に他人のそら似なのか。あり得ないと思うのだけれど、と思いつつも問いかける。

「すみません、少しだけお時間、よろしいでしょうか」

「……あなたは確か、恭一郎さんの……」

「あ、はい。友人です」

答えたものの、内心俺は『お前は華門だろう?』と問いたくてたまらない気持ちになっていた。

「そのご友人がなんの用でしょう」

小首を傾げるようにして尋ねてきた彼は、やはり俺に対し見知らぬ男のように振る舞っている。

口調も違えば表情も違う。まさかと思うが別人なのか、という疑いが初めて俺の胸に芽生えた。

だがすぐに、そんなわけがあるかと思い直す。声はまるで同じだし、何より顔が同じだ。体型も同じで別人なんてあり得ないだろう。

「神野さんとおっしゃるんですよね。もと刑事でいらしたとか」

「そうですが?」

それが何か、と言いたげに彼が俺を見下ろす。

「私も刑事でした。警視庁捜査一課の」

あくまでしらを切り通す気か、と内心憤りつつそう返すと、彼は、ほう、というように目を見開いたあとに口を開いた。

「ご同業ですか。私は長野県警におりました」

「……あの」

そのまま世間話でも始めそうな雰囲気の彼に改めて問いかける。

「失礼ながら、どこかで会ったことはありませんか？」

「私とあなたが？　いいえ？」

何を言い出す気か、と言いたげな彼を前に、そう気は長くない俺は早々に切れてしまった。

「いい加減にしてくれ。華門なんだろう？」

「はい？」

俺の憤りは目の前でわざとらしく目を見開く彼の顔を見て更に増した。

「どうして知らん顔をする？　何をたくらんでいるんだ？　それとも俺をからかってるのか？　この場には俺とお前しかいないっていうのに、なんで他人のふりなんてし続ける？」

「待ってください、あなた……ええと、お名前は？」

「名前？　お前がそれ、聞くかっ？」

茶番は終わりだ、と俺は思わず、大声を張り上げてしまった。

「大牙だ、大牙！　忘れたのかよっ」

「忘れたもなにも……」

彼が当惑しきった顔になる。ふざけるな、と思ったあまり、俺の口から言うつもりのなかった言葉が零《こぼ》れ出ていた。

「知らないとでも言うつもりか？　やることやっといて、そりゃないだろ？」

「『やること』？」

彼が、首を傾げ問い返してくる。

「てめえ……っ」

まだとぼけるか、と、怒鳴りつけようとした次の瞬間、目の前で彼の唇が——不意に歪《ゆが》んだ。

彼がにやりと笑ったためだと気づいたのはその唇が開いたあとで、そのときには彼に腕を摑《つか》まれてしまっていた。

「なんだ、そういうことか」

「……え？」

何がそういうことなのか、自分を華門と認めたのかと問い返そうとした俺を、いきなり引きずるようにして彼が歩き始める。

「おい、どこに……っ」

行くんだ、と言おうとした言葉が喉《のど》の奥へと飲み込まれたのは、ちょうど建物からも、そして門への通路からも死角になっている垣根の陰でいきなり押し倒されたからだった。

「おいっ？」

何が起こっているのか、まるで判断できないうちに、うつ伏せにされ、下半身を裸に剝《む》かれる。

「お前、やっぱり……っ」

華門だな、と肩越しに振り返った俺の目がとらえたのは、華門そっくりの男がにやりと唇をまた歪めて笑う顔ではあったが、耳に届いた口調も言葉も『華門』とはまるで違うものだった。

「ようやくわかった。私はコナをかけられたんですね」

「コナ？」

問い返した直後、尻の肉を摑まれる。ぞわ、とした刺激が背筋を上り、たまらず身体がびく、と震えた。そんな俺の耳に彼のにやけた声が響く。

「男が欲しいなら欲しいと、さっさと言えばよかったんですよ。そのほうがよほど話が早かったのに」

「ちょ、ちょっと待て！　俺は別にそんな……っ」

つもりではなかった——そう言おうとしたのに、彼の指がぐっと後孔《こうこう》へと挿入されてきたときに覚えた乾いた痛みに息を吞《の》んだせいで、言葉を発することができなくなった。

「いつもこうして男をひっかけるんですか？　非効率ですねえ」

言いながら彼が、挿入した指で中を抉る。

「違……っ」

違うし、そんなこと言われる覚えはないし、と怒鳴りつけたいのに、彼の指が俺の前立腺を正確に刺激し始めたため、今度は変な声が漏れそうになり、唇を嚙まざるを得なくなる。

「……っ……よせ……っ」

巧みすぎる愛撫《あいぶ》――だが、その指の動きは華門のそれとは重ならなかった。

そんな馬鹿な――信じられない、と肩越しに振り返ったそのとき、男の指がすっと退いていき、かわりにいつの間に取り出されていたのか、既《すで》に勃起《ぼっき》している彼の雄が後ろに捻じ込まれてきた。

「よせ……っ」

不意に芽生えた違和感に戸惑い、大きな声を上げようとした。が、逞《たくま》しい雄に一気に貫かれ、またも俺は声を失ってしまったのだった。

内臓がせり上がるほど、奥深いところに彼の雄が刺さった次の瞬間から、激しい突き上げが始まった。

「あっ……あぁ……っ……あっ……あっ」

何かがおかしい。違和感を覚えているはずなのに、身体の奥底から込み上げてくる快楽に、意識がだんだん朦朧《もうろう》としてくる。気づいたときには、自分でもびっくりするような高い声を漏らしてしまっていた。

「や……っ……あぁっ……あっあっあーっ」

愛撫の感触は少し違った。だが突き上げの感触が華門と違うかどうか、もう判断できる状態ではなかった。

雄の逞しさは華門と同じで、突き上げの勢いを借り、更に奥を突いてくる。

抜き差しされるたびに内壁は摩擦で焼かれ、その熱が全身へとあっという間に巡っていく。

肌も、吐く息も、脳すら沸騰するほどに熱く、灼熱《しゃくねつ》の身体を持て余し俺はただただ高く喘《あえ》ぎ続けた。

「あぁ……っ……もう……っ……もう……っ」

息があがりすぎて苦しさを覚え、首を激しく横に振る。と、背後から伸びてきた手が、勃《た》ちきり先走りの液を芝生《しばふ》へと滴らせていた雄を摑むと一気に扱《しご》き上げてくれた。

「あーっ」

昂《たか》まりに昂まりまくっていたところに与えられた直接的な刺激には耐えられるわけもなく、俺はすぐに達すると白濁した液を彼の手の中に飛ばしていた。

「……っ」

ずしりとした重さを後ろに感じ、彼もまた達したことを知る。

「…………ぁ……」

肩越しに振り返るとそこには彼の——華門の顔があった。じっと俺を見下ろす瞳は彼そのもので、思わず名を呼びそうになる。

だがそのとき彼の唇が動き、俺を我に返らせた。

「満足しましたか」

「……え……？」

　くす、と笑うと彼はすっと身体を起こした。萎《な》えたその雄がずる、と抜ける感触に、自然と腰が捩《よじ》れる。

「また抱かれたくなったらいらっしゃい。暇なら相手をしてあげましょう」

　馬鹿にしきった口調で彼はそう言うと、手早く服を整え踵《きびす》を返した。

「おい……っ」

　俺も慌てて身体を起こし、足首まで引き下ろされていた下着やスラックスをあたふたと身につけながら呼びかけたそのとき、ダァン、という音が轟《とどろ》き渡った。

「銃声？」

　そんな馬鹿な、と思ったときには足が動いていた。音は屋敷内から聞こえた。誰か撃たれたのだろうかと、先に駆け出した神野に続き玄関へと向かう。

　神野は物凄い勢いでドアを開くと、真っ直ぐに廊下を進んでいった。

「どこに……っ？」

　行くんだ、と俺が問いかけようとしたところに、銃声を聞いたらしい鹿園と麻生が階段を駆け下りてきた。

「なんだ、今の音は」

「銃声よね？　どこ？」

彼らをちらと見ることもなく、神野は廊下を駆け抜け、最も奥まった部屋へと飛び込んでいった。

大きく開かれたドアから俺も、続いて鹿園と麻生も中に駆け込む。

「あっ」

室内では麻生の弟、薫が床にへたり込んでいた。先に部屋に飛び込んだ神野は開いた窓から外を窺《うかが》っている。

「県警に連絡を！」

窓は開いており、薫はそこから狙撃されたようだった。すぐ傍の床に弾痕《だんこん》がある。

鹿園の声に麻生が「わかったわ」とすぐに携帯を取り出す。

「大丈夫ですか」

鹿園は真っ直ぐに薫へと歩み寄り、ポケットから警察手帳を出してみせた。

「お怪我《けが》は？　今の銃声はあなたを狙ったものでしたか？　狙撃犯の顔は見ましたか？」

「あ…………」

警察手帳を見て少し落ち着いたのか、薫がゆっくりと首を巡らせ鹿園へと視線を向けた。

「大丈夫ですか？　見たところ怪我はなさそうですが……」

心配そうに顔を覗《のぞ》き込む鹿園に薫が答えようとしたとき、窓辺にいた神野がくるりと室内を振り返った。

「狙撃犯の姿はありません。既に逃亡したようですね」

「お前ッ！　一体今までどこにいた‼」

神野がやけに冷静な声を出していることに、俺は違和感を覚えたくらいだったが、薫はそれを聞いて激昂《げっこう》した。

「お前は僕のボディガードじゃないのかっ！　クライアントが命の危険に晒《さら》されているというのに、一体どこで何をしていたっ！」

薫の怒りはもっともである。危険から身を守る、それがボディガードの役目だというのに、狙撃されるなどという命の危険に晒された肝心なそのとき行方不明になっていたなんて、冗談でもあってはならない話だ。

「言え！　職務を放棄して、一体どこで何をしていたんだっ」

薫が厳しい声で問いかける。

「…………」

神野は彼に答えることなく、俺へと視線を向けてきた。

「……っ」

どこで何を――答えは『庭でセックスをしていた』だが、それを告げてもよいのかと、その『行動』と共にしていた俺に許可を得ようとしているのだろうか。

そう気づいた途端思わず、やめてくれ、と首を横に振りそうになった。

「大牙、どうした？」

鹿園が、俺の様子がおかしいことに気づき、問いかけてくる。

「いや、なんでも……」

「貴様！　答えろっ！」

誤魔化そうとしている俺の声に、薫の怒声が重なった。

「あれだけ大声が出るってことは、まあ、無事ってことよね」

警察への通報を終えた麻生が俺たちに歩み寄り、そう肩を竦めてみせる。

「どうする？　狙撃犯を追うか？」

「ダーリンもピストル持っていないんでしょう？　危ないわよ。やめときましょ」

みすみす逃がすのも、と、鹿園が部屋を出ようとするのを、麻生が腕を組むようにして制する。と、ドアの外から、

「あの……」

おずおずと佐和子が声をかけてきた。

「旦那様と奥様が心配しておいでです。一体何があったんでしょう」

「すぐ行くわ。とにかく、部屋の窓も、それにカーテンも閉めて。佐和子さん、別荘の戸締まり、厳重にお願いします」

「か、かしこまりました……っ」

佐和子が慌てた様子で駆け出していく。

「行きましょうっ」

麻生が部屋を駆け出し、あとに続こうとした鹿園が、はっとして神野を振り返る。

「あなたも早く窓とカーテンを閉めて！　ああ、そうだ。二人とも社長の部屋に来てください。皆、一ヶ所にまとまっていましょう！」

「わかりました」

神野が冷静に返事をし、すぐさま窓を閉じカーテンを引く。

「クビだ！　お前はクビだっ！」

薫が喚《わめ》く声が室内に響き渡る。

「わかりました」

そんな彼にも神野は実に淡々と答えていた。鹿園に続いて部屋を出る俺の頭にふと、この口調は普段の華門のものでは？　という考えが浮かぶ。

それで思わず振り返ってしまったのだが、ちょうど神野も俺を見ていたようで二人の視線が一瞬絡まった。

「……お前は……」

華門だろう？　問い詰めようとしたが、喚き立てる薫の声にはっと我に返る。

「クビだと言っているだろう！　お前はクビだーっ！」

「社長の部屋に行きましょう」

怒声を張り上げる薫に対し、神野はどこまでも冷静だった。

「出ていけ！　すぐさまこの家を出ろ‼」

薫の声を背中に部屋を出る。ドアから出る直前、振り返った俺の視界に閉じた窓の向こうを見ている神野の後ろ姿が過《よぎ》った。

立ち尽くす黒ずくめのその姿――やはり彼は華門に違いない。その確信が胸に溢《あふ》れてくる。

視線に気づいたのか、神野がくるりと俺を振り返る。切れ長の目が微笑みに細められた瞬間、どき、と鼓動が高鳴った。

『華門』

呼びかけようとすると、神野が微《かす》かに首を横に振った――ように見えた。

今は明かすなということか。それとも単なる俺の気のせいか。

「大牙、早く！」

鹿園に促され、それを確認することはできなくなったが、心のどこかでほっとしている自分も同時に俺は感じていた。

# 5

間もなく県警の刑事がやってきて、狙撃犯の追跡と共に、屋敷内にいた全員のアリバイ調査が行われた。

麻生と彼の両親は、鹿園と一緒にいたためにすぐアリバイが成立し、狙撃された本人である薫は当然ながら捜査対象から免除された。

俺のアリバイはというと、神野が証言してくれたおかげでことなきを得た。当然ながら、二人で『何を』していたかまで説明することはできなかったので、庭で二、三十分世間話をしていたと県警には説明し納得してもらった。

俺にしろ神野にしろ、まあ部外者であるのでそう深く突っ込むこともないと思われたのだろう。

だが鹿園だけは納得してくれず、糾弾といってもいいほど追及してきて俺をうんざりさせた。

「何を喋っていたんだ？　初対面なんだよな？」

「だから世間話だよ。どこの警察にいたのか、とか」

これは嘘じゃない。だが実際、神野と交わした会話はこのくらいだったので、それ以降は捏造《ねつぞう》せざるを得なくなった。

「他には？」

「脅迫状のこととか。詳しいことは知らないと言われたけれど……」

「五分で終わる話じゃないか。他には？」

「ええと、なんだったたか。俺が警視庁勤務だったたって話とか」

「それから？」

「同業者としてリサーチを……どのくらい依頼がくるかとか」

「どのくらいくるって？」

「ええと……あまり詳しいことは教えてくれず……」

「他には？」

俺がそうして鹿園から尋問を受けている間に、なんと、神野はボディガードを本当にクビになり、屋敷から追い出されてしまっていた。

クライアントの身も守らず、三十分もわけのわからない男と——俺のことだ——雑談をしサボるなど、もってのほかだと激怒した薫に解雇されたのである。

「冗談じゃない！　僕が撃たれて死んでいたらどうするつもりだったんだ！」

実際生きてるんですから、なんて突っ込みができるような状況ではなかった。怒髪天を衝《つ》くといってもいいほどの怒りようを見せる薫に、県警の刑事たちは、すぐさま警察官を護衛につけると言ってなんとか宥《なだ》め落ち着かせた。

麻生家で警察からの事情聴取を受けるのに、一時間ほど費やした俺たちがようやく解放されたときにはもう、神野は麻生家を出ていた。

連絡先を知りたかったが、薫に聞いたところで怒鳴りつけられて終わりだろう。彼の紹介者である県警の葛谷警部に聞こうとも思ったが、なぜ知りたいのかと追及されたら面倒だし、何より鹿園の目が光っていてそれどころではない。

ひとまずここは引き上げ、あとで県警に出向くことにしよう。そう心を決め鹿園と、そして麻生と共に鹿園の別荘へと戻ったのだが、そこには思いもかけない珍客――いや、一人は客じゃないか――がいた。

「大牙ー！」

「兄貴？　なんで？？」

なんと俺の兄貴、知人百人に聞いたら百人が『ビッチ』と言うであろう、春香と同じ三十八歳にはとても見えない超絶美形の凌駕が目の前に姿を現したのだ。

「もしかして……」

問うた次の瞬間、理由を察し周囲を見回す。と、予想どおりその『理由』が俺――というより俺の傍にいた鹿園に向かい、満面に笑みを浮かべつつ歩み寄ってきた。

「祐二郎、元気だったか？」

「兄さん！　どうしたの？　今日は平日だよ？」

　それを言ったらお前もだろう、と言いたいような問いを発する鹿園に、慈愛に満ちた笑みを浮かべている彼は、鹿園の兄にして警察庁のお偉方でもある鹿園理一郎、その人だった。

「いや、お前たちが軽井沢の別荘にいると凌駕が知って、ずるいずるいと騒ぐものでね。それなら僕らも行こうと休暇を取ったのさ」

「休暇って……兄さんの立場でそんなに簡単に取れるのか？」

　鹿園が啞然としつつ問い返す。

「調整には少々手間取ったが、なに、問題はない」

　笑顔で答える鹿園兄に俺は心の中で、警察庁刑事局次長がそうそう休めるわけないでしょう、と突っ込みを入れ、自分の兄貴を睨んだ。

「なんだよう」

　視線に気づき、凌駕が俺を逆に睨み返してくる。

「なんだよう、じゃないだろ。わがまま言うんじゃないよ」

　存在自体迷惑といってもいいくらいのことを毎度しているのに、それ以上人に迷惑をかけるな、と尚も睨むと凌駕は、

「ひどいー」

　と鹿園兄に泣きついていった。

「自分はロシアンと一緒に別荘来てるくせに、僕ばっかり責め立ててー」

「俺は遊びで来てるわけじゃない！　仕事だ！」

鹿園は遊びだが、と言いそうになり慌てて口を閉ざす。と、察した兄貴からすぐさま突っ込みが入った。

「ロシアンは遊びでしょ？」

「僕も遊びじゃありませんよ。大牙が心配だったんです」

「てかお前も、よく休めたよな？」

警視庁勤務時代、有休を取ることがいかに大変だったか。それを知っている俺を誤魔化せると思うなと鹿園を睨むと、

「大丈夫だ。僕はキャリアだから」

いやーな感じで言い返され、思わず、けっと言い捨ててしまった。

「私も大丈夫だ。私が休みたいというのを止められる人間はそういない」

鹿園兄にまで胸を張られ、それなら勝手にしてください、と更にそっぽを向いた俺だったが、続く鹿園兄の言葉には思いっきり振り向いてしまった。

「ああ、そうだ。祐二郎、お前に頼まれた神野孝介の資料、持ってきたぞ」

「ありがとう、兄さん」

「頼んだのか？」

いつの間に、と驚いていた俺を鹿園が振り返る。

「なんだか怪しいと思ったからな」

「……さすが、キャリア」

嫌みでもなんでもなく感心していたのだが、次の瞬間には、感心した分を返せ、と言いたくなった。

「何よりお前が興味を覚えた男だ。気にならないわけがない」

「なーんだ、ただのジェラシーなんだ」

凌駕が呆れた声を上げる。が、ブラコンで有名な鹿園兄は、馬鹿な弟をどこまでもフォローした。

「きっかけはジェラシーでも疑いを持つことは警察官として大切だと思うよ」

「兄さん、ありがとう。兄さんならわかってくれると思ってたんだ」

声を弾ませる鹿園と、そんな彼を愛《いと》しげに見つめる彼の兄を前に、もう一生やってろ、と心の中で吐き捨てたそのとき、

「しかもお前の疑いは正しかった」

と鹿園兄が言い出したものだから、俺は驚いたあまり思わず、

「マジですかっ」

と鹿園兄に縋《すが》ってしまっていた。

「大牙？」

俺の剣幕に、鹿園兄本人ばかりでなく、鹿園も、そして俺の兄貴までもが、

「どうしたの？」

と目を丸くした。が、俺にしてみたらそれどころではない。

「やっぱり神野孝介という男は怪しいんですね？」

早く結論を聞かせてほしい、と鹿園兄をせっつくと、

「確かに神野孝介という刑事は長野県警にはいたよ」

戸惑いながらも鹿園兄は俺の知りたいことを答え始めた。

「それに実際探偵もやっている。だが、彼は今、日本国内にはいないはずだ」

「なんだって⁉」

どういうことなんだ、と問いつめようとした俺の後ろから、それまで黙り込んでいた麻生が俺たちの間に割って入った。

「ちょっと待って。じゃああの神野って探偵は偽物だったってこと？」

「これが神野の警察官時代の写真です。データベースで取り寄せました。どうです？」

同一人物ですか？　と、鹿園兄がスーツの内ポケットから写真を取り出し、俺たちに見せる。

「……あ……」

真っ先にその写真を奪い取り、見た瞬間俺は思わず小さく声を漏らしてしまった。

その写真に写っていたのが、今さっきまで顔を合わせていた『神野』そっくりだったからだ。

やはり華門とは別人なのか――?

となるとなぜ彼は俺を抱いた? コナをかけたと思われたのか? ちょっと待ってくれ、それじゃ俺は浮気をしてしまったのか?

さまざまな考えがぐるぐると頭の中を巡り、混乱したあまりに思考力がぷつりと途切れる。

その途切れた糸を繋いでくれたのはなんと――俺のビッチな兄貴だった。

「その神野って人と面識ある人に確かめた? 本当になりすまそうと思ったら、警察のちゃちいデータベースに入り込むことくらいするんじゃないかな」

「確かめてはいない。凌駕の言うとおりだ。すぐに面識のある人間に確認をとろう」

凌駕にベタ惚《ぼ》れしているからもあるだろうが、鹿園兄のリアクションは早かった。いきなり内ポケットからスマートフォンを取り出したかと思うとどこかにかけ始めたのだ。

「私だ。先般命じた神野孝介の写真、すぐに彼を知っている者に同一人物かどうか確認をとるように。五分待つ」

それだけ言い、鹿園兄が一方的に電話を切る。

「部下の人?」

兄貴が尋ねると鹿園兄は「ああ」と笑顔で頷き、兄貴の髪を撫でた。

「凌駕は本当に優秀な探偵だね。人が気づかないところに気づく」

「誉めすぎだよう」

兄貴がまんざらでもない顔で、一応の謙遜《けんそん》をする。思ってもないくせに、と毒づきながらも、実際、自分が気づいたかとなるとその発想はなかったので、何を言うこともできなかった。

と、鹿園兄のスマートフォンの着信音が響く。

「早いわね」

さすがぁ、と麻生が口笛を吹く中「鹿園だ」と応対に出た鹿園兄の顔色が変わった。

「なんだと？　本当か？」

「やっぱり、別人だったのね」

麻生が呟き、俺と鹿園が頷く。

「わかった。すぐ偽者の『神野』の行方を探すんだ」

厳しい口調で鹿園兄はそう言い電話を切った。

「これは誰なんだ？」

鹿園が神野の――否、神野を名乗っていた男の写真を鹿園兄に示し問いかける。

「わからない……が、長野県警の警部の紹介なんだろう？」

「そう聞いている。なあ、大牙」

鹿園に問われ、「あ、ああ」と我ながら胡乱《うろん》な答えを返す。が、ぼんやりしてなどいられない、とすぐに気を引き締め、警部の名を鹿園とその兄に告げた。

「葛谷警部の紹介だという話だった」

「長野県警なら顔が利く。すぐに調べさせよう」

葛谷警部だな、と確認をとりつつ、鹿園兄がまた電話をかけはじめた。

「……偽者……」

ぽつりと言葉が唇から漏れる。

「大牙、お前は偽者だとわかっていたんじゃないのか？」

それを流すことなく、鹿園がきっちりと問い詰めてきた。

「いや……わからない。わからないというよりは……」

「いうよりは？」

鹿園に答えを与えようとし、躊躇《ためら》いを覚えて口ごもる。

「大牙、お前、最近おかしいぞ。いったいどうした？　何があった？」

鹿園が真顔で問いかけてくる。

「何もないよ。うまく言えないんだ。なんとなく違和感があったというか……」

適当に誤魔化そうとしたが、付き合いが長すぎるためだろう、鹿園に一刀両断、斬って捨てられてしまった。

「嘘だ。お前は確実にあの、神野という男を知っていた」

「いや、知っちゃない。本当になんとなく違和感が……」

「大牙、どうして僕に嘘をつく？」

鹿園が悲しげな目で俺に訴えかけてくる。

「……鹿園……」

「僕に言いたくないなら言わなくてもいい。だが嘘だけはつかないでくれ。お前に嘘をつかれるのはつらすぎる」

「……だから……」

嘘などついていない――と主張することはできなかった。

「頼む、大牙」

潤《うる》んだ瞳を鹿園に向けられてしまったからだ。

「………嘘はついていないよ」

嘘だ。そうは思いながらも俺は鹿園に言い訳せずにはいられなかった。

「本当に、知人に似ていたというだけなんだ。でも今日、偶然彼と話せて、まったくの別人だと確認できた。世の中に同じ顔の人間は三人いるというが、本当だったんだなと実感しているところだよ」

「大牙ぁ、その『知人』って誰なの？」

鹿園だけなら丸め込めたに違いない。が、座右の銘は『人の不幸は蜜《みつ》の味』と公言してはばからない兄貴の追及を逃れるのは困難だった。

「誰でもないよ」

「うっそだー。恋人でしょ？」

しかも兄貴は勘がいい。ずばりと言い当てられたが、臆《おく》しては更に突っ込まれるとわかっているのでシラを切り通す。

「違うって」

「大牙、恋人なのか？」

予想どおり、鹿園が血相を変えて俺に縋ってきた。それを兄貴がにやにやしながら眺めている。

「違う」

「なら誰なんだ？」

納得したはずの鹿園もまた、追及に加わってしまった。本当にもう、余計なことをしてくれる、と内心溜め息をつきつつ俺は、

「それより」

とわざとらしさ全開ながらも話を逸らした。

「解雇されたとはいえ、偽探偵が麻生家に潜入していたのは気になります。誰が仕組んだのか、心当たりはないですか、麻生さん」

「さあ……としか答えようがないわね」

麻生が首を傾げる横で、兄貴が口を開く。

「副社長の叔父さんじゃないの？　次期社長の座を狙ってるんでしょ？」

サスペンスドラマではありがちじゃない？　と言う兄貴に麻生は同意しなかった。

「どうかしらねえ。まだ逆ならわかるんだけど」

「逆？」

何が、どう逆なのか、と問いかけると、麻生ではなく鹿園兄が答えをくれる。

「雅也副社長は前へ前へ、というタイプではなく、社長の補佐役に徹していた。なので次期社長の座を狙うわけはない……そういうことですよね？」

「そうなのよ。もともと麻生家は長男絶対なところがあってね。叔父は自分はもう『分家』だと納得しているから、今更社長の座は望んじゃいないと思うのよね」

「副社長がじゃなく、専務が——弟さんが、社内外に人望の厚い副社長をおとしめようとするのならわかる。そうですね？」

続けて確認をとる鹿園兄に麻生は「まあね」と肩を竦めたものの、すぐ、

「でも薫も馬鹿じゃないから、黙っていれば社長の座が転がり込んでくるとわかっているのに、わざわざ危ない橋を渡るようなことはしないと思うけどね」

そう言葉を足し、弟への疑いを晴らそうとした。

「でもさあ、恭一郎のお父さんが薫を社長にしたくないと考えてたらどう？　恭一郎の弟、

超評判悪いじゃない。お前には任せられん、とお父さんが本人に伝えた……とかなら、叔父さんを陥れようとするのもアリじゃない？」

兄貴の言葉に麻生は「どうかしらねえ」とあくまでも懐疑的だった。

「ない話じゃないとは思うけど、あの薫があれこれ画策したり、何より狙撃者を雇ったりできるとは思えないのよねえ。そんなコネ、あの子が作れるわけないし」

身内を庇う、というよりは、聞きようによっては兄貴以上に薫をこきおろしている麻生の言葉に兄貴のほうが、

「なるほどねー」

と納得する。

「しかしそうなると、本当に副社長が怪しいということになってしまうが……」

鹿園兄に麻生が「そうなのよ」と頷き、答えの出ない疑問に俺たちはしばし無言で取り組んだ。

「ともかく、県警に話を聞きに行ってくる。偽探偵を麻生薫に紹介した葛谷という警部を呼び出そう」

考えていても結論は出ない。鹿園兄はそう判断したようだった。

そう告げ、颯爽《さっそう》とその場を立ち去っていった彼を、兄貴がうっとりと見送っている。この隙《すき》に、と俺はこっそり場を離れようとした。

「大牙、どこに行くんだ？」

鹿園に気づかれたが、彼をまくのは兄貴をまくよりぜんぜん容易《たやす》い。

「ちょっと」

それだけ言い捨てるとダッシュし、少しでも別荘から離れようとする。

別荘地を抜けると旧軽井沢銀座となる。ちょっと距離はあるが、走れないほどではなかった。

「大牙！」

背中で叫ぶ鹿園を無視し、ひたすら走る。いつの間にか俺の右手はポケットから取り出した携帯を摑んでいた。

電話をかけようとしている相手の顔が脳裏に浮かぶ。

鼓動がいっそう速まったのは走るスピードを上げたせいではない。それをしっかり自覚しつつ俺は、一人になれる場所を目指し、ひたすら駆け続けた。


駆けている途中で、街中に出たほうが人目を気にしなくてはならなくなるか、と気づいた俺は、途中から行く先を変更した。

オフシーズンの今、別荘地にはあまり人がいない。それなら、と、見たところしばらく誰も訪れていなさそうな別荘の裏手へと回る。

周囲を見回し、人がいないことを確かめてから携帯を開く。

『謎』のカテゴリーから華門の番号を呼び出し、電話をかけた。

ワンコール。ツーコール。

出ないのか？　と電話を握り直したそのとき、後ろから肩を叩《たた》かれる。

少しも人の気配などなかったのに、と驚いて振り返った先には彼が——華門がいた。

「どうした」

相変わらず黒ずくめの服装をした彼が、俺を真っ直ぐに見下ろし問いかけてくる。

その顔は、そして声は、どう考えてもさっき会ったばかりの——会ったどころか、欲求不満扱いされて抱かれたばかりの神野に他ならず、俺はまずそのことを究明しよう、と華門に食ってかかった。

「なぜ神野なんて名乗ってた？　あれはお前だよな？」

「…………」

華門はじっと俺を見下ろすだけで口を開こうとしない。

「お前だよな？」

再び問うたが、華門が答える気配はなかった。

「俺はお前そっくりの男に抱かれたってことか？」

聞くべきはそこじゃない。だが一番知りたいのはそれだった。俺がそう問いかけた途端、今まで表情のなかった華門の顔に初めて——笑みが浮かんだ。

「浮気者」

「やっぱりお前なんだな？」

正直、華門がこの手のジョークを言うとは思っていなかったので戸惑いを覚えながらも確認を取る。と、華門はにやりと笑うと一言、

「『また抱かれたくなったらいらっしゃい。暇なら相手をしてあげましょう』」

そう告げ、俺の頬に右手を伸ばした。

「やっぱりお前だったんじゃないかっ」

その手を払いのけ、睨みつける。

「怒るな」

だが華門は少しも動じず、笑ってそう言ったかと思うと、強引に俺をその場に押し倒してきた。

「よせよっ」

「外でやるのも、満更でもなさそうだったじゃないか」

押しのけようともがいている間にうつ伏せにさせられ、シャツのボタンをはずされた挙げ句、続いてスラックスも脱がされる。

「誰か来たら……っ」

「誰も来ない」

「なんでわかるんだよっ」

言い争ってはいたが、俺の抵抗は最早おざなりになっていた。

「やっぱり外が好きなんじゃないか」

華門がくす、と笑いつつ後ろから俺の胸をまさぐり始める。

「や……っ……ん……っ」

乳首をひっかくようにして弄られ、堪らず身体がびく、と震える。

耳元でそれを笑うくすりという声が響いたのに、また『やっぱり好き』的な言葉が発せられるのだろうと察し、それより先に、と肩越しに睨みつけようとした俺は、華門が前をはだけていることに気づき思わず彼の裸の胸に見入ってしまった。

傷だらけの彼の胸——ああ、華門だ。今更ながら実感が込み上げてくる。

もしや華門がわざわざそうして俺に胸を見せたのもその実感を呼び起こさせるためだったのかもしれない。古い傷跡がこれでもかというほど残るその肌は、つい最近まで俺も見ることがかなわなかった。

だからこその己の証——いいように考えすぎか、と自嘲するより前に、乳首への愛撫で俺は早くも喘ぎ始めてしまっていた。

「あ……っ……あぁ……っ……あっ……あっ……」

　華門の繊細な指が俺の乳首を摘《つま》み、きゅっと捻るようにして引っ張り上げる。じんとした痛みすれすれの甘い刺激に腰が捩れたところに更に強く乳首を抓《つね》られ、大きく背が仰《の》け反《ぞ》った。

「や……っ……あっ……あぁ……っ」

　もう片方の手が早くも勃ちかけていた雄を握り竿《さお》を激しく扱き上げる。鼓動が速まると同時に、どくどくと血液が血管を巡り、物凄い勢いで雄に注ぎ込まれていくのがわかる。

　あっという間に勃ち上がったその先端、尿道を爪《つめ》で抉《えぐ》られ、早くも達してしまいそうになった。

「あぁっ」

　更に大きく背が仰け反ったせいで、頬《ほお》が華門の頬に触れる。と、華門が俺の顔を覗き込むような素振りをした。

「……っ？」

　なに、と喘ぎながらも俺も彼の方を向く。と、華門が俺に覆い被《かぶ》さり唇を塞《ふさ》いできた。

「……んん……っ」

　行為の最中、キスを求められたことなど、今までなかった気がする。

　本当に恋人同士のようだ、と思うとなんだか胸が熱くなった。

　熱くなったのは胸だけではなく、身体にもいっそう熱がこもり、ぶわっと汗が吹き出すのがわかる。

きつく舌をからめとられながら、また尿道に爪を立てられる。当時に乳首も強く抓られ、どうしようもないほどの快感に俺の身体は大きく震えた。

喘ぎたいがキスで口を塞がれているのでかなわない。呼吸も苦しくなり顔を背けようとしても華門が許してくれない。

「くるし……っ」

もう助けてくれ、と訴える、と華門は苦笑し、ようやく唇を解放してくれた。

「ああ……っ」

大きく息を吐く。が、そのとき華門の唇が頬に押し当てられたのにはっとし、堪らず彼を見た。

「…………っ」

俺の視線の先にあったのは、愛しげに微笑む華門の瞳で、濃いグリーンのその瞳が細められたのを見た瞬間、涙が込み上げてきた。やばい、泣く。唇を嚙みしめ涙を堪えたいのにまた、雄を激しく扱き上げられ喘ぎが口を開かせた。

同時にぼろぼろ、と涙が零れる。しまった、と俯《うつむ》き、涙を見られまいとしたが視界の端を彼の少し驚いた顔が過ったところを見ると気づかれてしまったかもしれない。

泣き顔を見られた羞恥《しゅうち》が、違う意味で俺に恥ずかしい行動をとらせた。すぐにも涙を忘れてもらうために行為に集中させようと、腰を突き出し挿入をねだったのだ。

「挿《い》れてほしいのか」

問うてくる華門に、こくこくと首を縦に振って答える。

「わかった」

耳元で華門が囁《ささや》きながら耳朶《じだ》を嚙む。

「はやく……っ」

優しく、そして甘い行為にまた涙が溢れそうになり、挿入を促す。華門が察したかどうかはわからない。が、俺が望んだとおりに彼はすぐに俺の双丘を摑んでそこを押し広げると、ずぶ、と指を挿入させてきた。

「ん……っ……んん……っ」

手早く中を解《ほぐ》したその指はすぐに退いていき、かわりに熱い塊が押し当てられる。

「……ぁっ」

入り口が挿入を求め、酷くひくついたのがわかった。自分で『挿れて』なんて言ったにもかかわらず、身体までもがあまりにあからさまに彼を求めているのが恥ずかしく、カッと頰に血が上っていった。

「早く、か……」

くす、と背後で華門の笑う声がする。身体が物語っていると言いたいのだろう。

揶揄《やゆ》はいいから、と挿入をねだろうと振り返る。そのときには、ずぶ、と先端が捻じ込まれていた。

「あぁっ」

身体だけじゃなく、声にも待ちわびた感が出てしまう。

本当にもう、と羞恥に身を焼く余裕はもう、俺には残っていなかった。華門が一気に腰を進めてきたからだ。

最も奥深いところに雄が刺さった。と思った次の瞬間、激しい突き上げが始まった。

「あっ……あぁっ……あっあっあーっ」

『神野』と名乗っていたときとの違いはわからなかった。違うような気もするし、同じような気もする。

唯一言えるのは、どちらの突き上げも俺をあっという間に絶頂へと導いてくれることで、今すぐにも俺は達してしまいそうになっていた。

「あっあっ……あっあっあーっ」

いつしか閉じてしまっていた瞼《まぶた》の裏、閃光が花火のように何度も走る。やがてその光のせいで頭の中が真っ白になり、意識が朦朧としてきた。

「あぁ……っ……華門……っ……華門……っ」

神野イコール華門という確信はあった。が、どこまでも他人を装う彼に抱かれているときには、その名を呼ぶことができなかった。

だが今なら呼ぶことができる。そう意識していたわけではないが、気づけば俺は彼の名を連呼していた。

「どうした」

少しも息を乱さず、華門が問いかけてくる。

「華門……っ……華門……っ」

言いたいことはたくさんあった。でも名を呼ぶことしかできずにいた俺の耳に、また、くす、と笑う華門の声が響いたと思ったときには彼の手がすっと伸び、俺の雄を摑んだ。

激しい突き上げはそのままに、勃ちきったそれを一気に扱き上げてくれる。

「あーっ」

その瞬間俺は達し、白濁した液をまき散らしてしまっていた。

「…………」

華門が俺の背にわずかに体重を預ける。同時にずしりとした精液の重さを中に感じ、俺は彼もまた達したことを知った。

「華門……」

昏から彼の名が零れたのは、無意識のなせる技だった。

「ここまで名前を連呼されたのは初めてだな」

華門が笑いながら覆い被さり、唇を求めてくる。

「……ん……」

キス——呼吸が苦しくなると唇を離し、またくちづける。思いやり溢れる華門のキスに、また、涙が込み上げてくる。

すっかり涙脆くなっているのはなぜなのか。ぼんやりそんなことを考える俺の頭にふと、こんな言葉が浮かぶ。

愛しさが募っているから——。

確かにそうかもしれない。恋は人を涙脆くするのかも。

人に聞かれたら、よくそんな恥ずかしいことを言えるなと呆れられそうだと、一人心の中で微笑んでしまいながらも俺は、熱く滾《たぎ》る胸の熱を抱え、込み上げる涙を飲み下しながら、しばし華門の優しいキスに酔ったのだった。

# 6

ようやく息が整ったと同時に、華門《かもん》がすっと俺から離れた。

「華門」

振り返り、呼びかけたときにはすでに彼は服装を整え終え、いつもの黒ずくめの格好に戻っていた。

「早……っ」

慌てて俺も身体《からだ》を起こし、下げられた下着やスラックスを引き上げる。

そのとき、華門の抑揚のない声が響いた。

「すぐ軽井沢を出ろ。麻生《あそう》を連れて」

「え?」

突然のことに、意味を察することができず彼を振り返った。

「わかったな」

だが華門は俺に何を言う隙《すき》も与えず、そのまま立ち去ろうとしている。

「ちょ、ちょっと待ってくれ」

まだベルトもできていないような状態だったが、慌てて俺は彼のあとを追い腕を掴《つか》んだ。

「どういうことだ？　それよりなぜ、神野《じんの》なんていう探偵のふりをしてたんだ？」

まだ一つも聞きたいことを聞けちゃいない。セックスしてる場合じゃなかった。まず話をしなければならなかったのだと今後悔しても遅かった。

「わかったな。すぐに軽井沢を出ろ」

華門が俺の手を振り払い、そう告げた次の瞬間駆け出していく。

「待てよ！　華門！」

慌ててあとを追った——が、誰ともわからぬ家を回り込み、道路へと出てどちらの方向を見ても華門の姿はなかった。

「どうして……」

辺りを駆け回って彼を探す。が、あれだけ目立つはずの長身を見つけることはできず、疲労感から俺はその場にへなへなと座り込んでしまった。

ポケットから携帯を取り出し、華門にかける。が、今度彼は応対に出てくれなかった。

鳴りっぱなしの携帯が、二十コールでぶつりと切れる。

「……どうして……」

またも同じ言葉が唇から漏れた。

華門はなぜ、俺を軽井沢から立ち去らせようとしているのか。

しかも麻生と一緒に――。

軽井沢には麻生だけじゃなく、鹿園《しかぞの》もその兄も、それに春香《はるか》や君人《きみと》、ああ、忘れていたが俺の兄貴の凌駕《りょうが》もいる。

なのに華門が出した名は麻生だけだった。

それは彼が麻生家に出入りしていたこととかかわりがあるのか。そもそもなぜ彼は、他人のふりをしてまで麻生薫《かおる》のボディガード役をかって出たのか。

彼は殺し屋だ。決してボディガードではない。

かつて一度だけ、俺の頼みを聞き入れ鹿園の兄のボディガードをしてくれたことがあったけれど――そのときのことを思い出していた俺の耳に、今聞いたばかりの華門の声が蘇《よみがえ》る。

『すぐ軽井沢を出ろ。麻生を連れて』

「どうして……」

三度《みたび》同じ言葉を呟《つぶや》いてしまいながらも俺は、すぐにも東京に戻る決意を固めていた。

具体的にどのような危険が迫っているのかはわからない。が、華門がわざわざそう知らせてきた以上、軽井沢に留《とど》まるのは得策ではない。

東京に戻ってから探ればいい。俺はともかく、麻生の身が危険に晒されているのをわかった上で、尚《なお》も留まることはできなかった。

すぐにも鹿園の別荘に引き返し、皆して軽井沢を出よう。きっともう華門も軽井沢にはいない。薫のボディガードをクビになったのも計算ずくのことだろう。

未《いま》だ乱れている服装を整えつつ、鹿園の別荘に向け歩き始める。

問題は麻生をいかにしてすぐさま東京へと戻すかだが、まあ、鹿園に役立ってもらおう。

別荘に戻ってからのことをあれこれ画策していた俺だが、裏工作などいらない状況がその後俺を待ち受けていたのだった。


「大牙《たいが》、どこに行ってたんだ」

別荘に戻った俺を待ち受けていたのは、顔色を変えた鹿園だった。

「あ、ごめん。ちょっと……」

「あの偽探偵に会いに行ったんだろう？　そうだろう？」

問い詰めてくる彼をいかにかわそうか、言葉を探していたところに、タイミングよく鹿園の兄が現れた。

「ああ、大牙君。ちょうどよかった。ちょっと来てくれ。県警の刑事部長が君に事情を聞きたいと言っている。あの神野という偽探偵について」

「え？　あ、いや、俺は何も……」

知らない、と言おうとしたが、鹿園兄は鹿園のように簡単に懐柔できるようなタマではなかった。

「話は彼にするといい。さあ、早く」

腕を摑まれ、引きずられるようにして別荘の応接室に連れていかれる。

「待たせた、北原《きたはら》。彼が佐藤《さとう》大牙君だ」

「佐藤君、県警刑事部長の北原だ」

よろしく、とわざわざ座っていたソファから立ち上がり笑顔で挨拶《あいさつ》してくれた県警の刑事部長は、爽やかなイケメンだった。

鹿園の兄と少し雰囲気が似ている。二人とも若くして要職についているからだろう。年齢に似合わぬ老獪《ろうかい》さと、仕事に対する若々しい情熱がミックスされ、えもいわれぬ魅力を醸し出している。

女性はこうした人物を前にすれば、百パーセント、ハートを持っていかれるんじゃないかと思う。いかにもな『できる男』。そして仕草はスマートで洗練されており、加えて顔も超絶にいい。

類友とはよくいったものだと感心しつつ俺は、欧米人にしか似合わないであろう握手を求めてきた彼の手を我ながらぎこちない動作で握り返した。

「座ってくれ。まずは偽神野を紹介したという葛谷《くずや》警部からの弁明を聞こう」

鹿園兄が俺と北原、それに俺に続いて部屋に入ってきた鹿園を座らせ、話の口火を切る。

「聞いた私自身、解《げ》せないとしか言いようがないが、葛谷は神野が偽物だとは知らなかったというのだ」

「顔が違うのに？」

俺が聞くより前に、鹿園が当然の疑問を口にする。

「ああ。自分が麻生薫さんに頼まれて口を利いたのは間違いなくもと同僚の神野だったと頑張っている。それならすぐに本人と連絡を取れという話に当然なったが、電話もメールも既に解約されて繫《つな》がらない状態になっていた」

「偽神野と彼は顔を合わせなかったと？」

信じがたいな、と溜《た》め息《いき》交じりに鹿園兄が問う。

「本物の神野とは、神野が麻生家に向かう前日に会ったという。麻生家には葛谷も同行する予定だったが、当日になって彼の都合の悪い時間に訪問時間が変更となった。時間をずらすことも考えたが、神野から単独で向かうと電話で言われたために任せたという話だ」

「どうなんでしょうね。嘘《うそ》をついている様子は？」

部下である葛谷を頭ごなしに『クロ』と見なすのは失礼と思ったのだろう、鹿園がソフトにそう問うと、北原のほうがズバリと、

「とても信じられない話だ。当然嘘だと思い追及した」

と頷《うなず》いた。

「……が、リアクションがどうにも本物くさいんだ。これは彼を庇《かば》ってのことじゃない。私の目にはどうも彼が嘘をついているようには見えないんだよ」

勿論《もちろん》、追及は続けているが、と言葉を足した北原に続き、鹿園兄が口を開く。

「私も北原を庇うわけじゃないが、彼は身内だからといって庇護《ひご》するようなタイプじゃない。彼ほど正義感の強い人間を私は知らないよ」

「お前がいるじゃないか」

北原がそう返し鹿園兄に微笑《ほほえ》む。鹿園兄もまた微笑み返したが、すぐ口元を引き締めると、これぞ友情の絆《きずな》だなとそんな二人を微笑ましく見ていた俺へと厳しい視線を向けてきた。

「はい？」

ギャップの激しさに戸惑いながらも問い返す。と、鹿園兄は眼差《まなざ》し以上に厳しい口調で俺を追及し始めた。

「大牙君、君はあの偽神野と三十分近く話をしたんだよね？　いったい何を喋《しゃべ》ったのか、最初から最後まで、一言一句漏らさず思い出してくれ」

「それは……」

無理です、と言おうとした俺の言葉にかぶせ、横から鹿園までもが厳しい声を上げる。

「一言一句だ。思い出せるだけ思い出せ、大牙。その中に偽神野が誰なのかがわかるヒントが隠れているかもしれない」

「お、思い出します。思い出しますが……」

ヒントも何も、偽神野は華門だ。俺にはそれがわかっている上に、麻生家の庭であった一連の出来事はとても人に話せるようなものではなかった。

会話はほんの数言。誘っているのかと言いがかりをつけられ、いきなり抱かれた。

そのあとにも、よかったらまた抱いてやる、というようなことを物凄《ものすご》くクールに言われたが、そういや華門はなぜ、あんな演技をしたんだろう。

あの場ではあくまでも別人を装う必要があったとか？

まさか単なるプレイってわけじゃないよな――なんて一人の思考に陥ることを、鹿園も、鹿園兄も、そして北原も許してくれなかった。

「さあ、彼はなんと言った？」

北原が身を乗り出し、問い詰めてくる。

「大牙君」

「大牙」

鹿園兄弟も同じく身を乗り出し、六つの瞳に射抜かれるという窮地に陥ってしまったそのとき――思わぬ救いの神が現れた。

「失礼しまーす」

ノックもなくドアが開いたかと思うと、コーヒーを四つ盆《ぼん》に載せた兄貴が——凌駕が部屋に入ってきたのだ。

「どうして君が？」

途端に鹿園兄が慌てた様子で席を立ち、兄貴へと向かっていく。

「だって退屈なんですもの」

可愛《かわい》く口を尖《とが》らせた——言うまでもなく、計算ずくの表情である——兄貴が、鹿園兄に盆を渡しながら、ちら、と北原を見る。

兄貴の目的がわかった、と俺は内心、やれやれ、と溜め息を漏らしつつ、兄貴の視線を追って北原を見やり——今までの凛々《りり》しさはどこへやら、にやけまくった表情を浮かべる彼の姿に、さらなる溜め息を漏らした。

「理一郎《りいちろう》、彼は？」

うきうきした口調で北原が立ち上がり、兄貴と鹿園兄へと向かっていく。

「はじめまして。僕、そこにいる大牙の兄で佐藤凌駕っていいます」

「え？　お兄さん？　ぜんぜん似ていないね。それに君のほうがずっと若い」

北原が弾んだ声を出し、兄貴に握手を求める。悪かったな、俺のほうがずっと老けてて、と、勝ち誇った顔でちらと俺を見た兄貴を睨《にら》んだが、兄貴は俺を完全に無視した。

「そんなことないですよぅ」

思ってもいないくせにそんな甘えきった声を出し、北原の手を握り返そうとする。が、それをマッハのスピードで盆をテーブルへと下ろした——おかげでコーヒーはソーサーにだいぶこぼれた——鹿園兄が遮った。

「凌駕、部屋にいなさいっていっただろう？」

「だって、ほんと、退屈なんだもん。一人ぼっちで寂《さび》しかったし」

兄貴は今度、鹿園兄に甘えてみせる。鹿園兄はそんな兄貴を前に相好を崩《くず》すと、憮然《ぶぜん》とした表情となっていた北原に紹介した。

「北原、彼は私の恋人だ」

「恋人？　お前、結婚していたんじゃないのか」

北原が心底驚いた顔になる。

「離婚した」

「ぜんぜん知らなかった。そうか。離婚したのか」

驚いてみせながらも北原の視線がちらちらと兄貴に注がれているのを俺は見逃さなかった。

当然ながら鹿園兄も見逃してはおらず、兄貴を部屋から追い出しにかかる。

「すぐ戻るから。おとなしく部屋で待っていておくれ」

「えー、やだ。僕も北原さんの話、聞きたいよう」

駄々をこねる兄貴に鹿園兄は困り切り、北原は嬉《うれ》しげに対応する。

「さあ、座って。なんの話をしようか」

「……あの、偽神野の件では……？」

鹿園が呆《あき》れて突っ込んだが、北原と鹿園兄、それに俺の兄貴の間では、早くも修羅場が展開していた。

「北原、聞こえなかったか？　彼は僕の恋人だ」

「聞こえているよ。別に話をするくらい、いいだろう？」

「勿論それはいいさ。だが、いやらしい目で見るのはやめてもらいたい」

「いやらしいだと？　自分と一緒にしないでくれ」

「なんだと？」

「二人とも、喧嘩《けんか》はやめてよう」

僕のために争わないで、なんて、どこかで聞いたことのあるようなフレーズを口にする兄貴は、困り切った顔をしつつも目が笑っていた。

「……ダメだ、こりゃ」

思わず呟いてしまったのは、最早北原も鹿園兄も、とても冷静に話をするどころではなくなっているに違いないと察したからだった。

「自己紹介をし、された。それだけのことなのに、君は嫉妬《しっと》深すぎる」

「あれだけいやらしい目で見られれば、危機感も覚えるよ」

「失敬な。いやらしい目で見たつもりはない」

「いや、見た！」

言い争いはますますヒートアップし、傍《そば》で兄貴が、嬉しさ全開の顔で「困ったよう」と騒いでいる。

「……兄さん……」

俺の横では鹿園が、ショックを隠しきれない様子でいた。超がつくほどブラコンの彼は、兄のそんな姿を見たくなかったに違いない。

本当に、兄貴の野郎、いい加減にしろと憤りつつ、すぐさま彼を怒鳴りつけ、場を納めさせるしかないかと立ち上がろうとしたが、既《すで》に手遅れだった。

「話にならん！　帰るっ！」

なんと北原がそう言い捨て、部屋を出ていってしまったのだ。

「あの……っ」

慌ててあとを追おうとした兄貴の腕を、鹿園兄が、がしっと摑んだ。

「追わなくていい！　我々も東京に帰ろう！」

「え？　もう？　まだ来たばっかじゃない」

不満そうに口を尖らせる兄貴の腕を、鹿園兄が強く引く。

「北原は油断のならない奴なんだ。軽井沢に留まるのは危険きわまりない」

だから東京に帰る、という鹿園兄の言葉を聞いた瞬間、しめた、という思いが胸を過《よぎ》った。

「鹿園、俺たちも東京に帰ろう。麻生さんも一緒に」

「え？」

鹿園は未だに、兄の錯乱を見たショックから立ち直れていないようだった。

「お兄さんも帰るというし、それに麻生さんもお父さんと対面できたんだし」

「……あ、ああ……」

まったく思考が働いていない様子の鹿園に、

「じゃ、帰ろうな」

と言いおき、俺は麻生を誘うべく兄貴たちのあとに続いて部屋を出た。

「もう、理一郎は僕を信用しなさすぎだよう。浮気なんてするわけないじゃない」

まったく説得力のない言葉を口にしているというのに、兄貴に対する鹿園兄の言葉はどこまでも優しかった。

「君を信用していないわけじゃない。信頼できないのは北原のほうだ」

「えー、大丈夫だよう」

どうやら兄貴はまだ軽井沢に留まりたいようだ。目的はただ一つ。北原ゲットだということを、俺はきっちり鹿園兄にわからせてやった。

「兄貴のことは信用しないほうがいいです。軽井沢にあと一時間でもいたら、北原さんとデートの約束、取り付けますよ」

本当は『デートの約束』どころかベッドインしているに違いないのだが、必要以上に鹿園兄を刺激したくないと思い言葉を選んだのだった。

それでも彼には充分効果的だったようで、

「それは大変だ」

と真顔になると、ぐいぐいと兄貴を引っ張っていく。

「大牙ー！　覚えてろー！」

引きずられていきながらも、兄貴は俺に悪態をつくのを忘れなかった。

「自業自得だろうが！」

俺もまた兄貴に怒鳴り返すと、こうしちゃいられない、と麻生に帰京を促すべく、彼が休んでいると思われる二階の部屋へと向かったのだった。

東京に帰ると言うと、麻生は、

「突然なによ」

と訝《いぶか》り、なかなか腰を上げようとしなかったが、俺が、

「鹿園も帰るって」

と告げると、あっさり立ち上がった。

「じゃ、帰ろっか」

「……うん」

皆、それぞれにわかりやすい。それぞれにスペックが高い人たちなのになと、密《ひそ》かに残念に思いつつも俺はうきうきとした足取りで階段を下りる麻生のあとに続いた。

道すがら、携帯をポケットから取り出し春香に電話をかける。

『あら、トラちゃん、どうしたの？』

「春香さん、麻生さんと俺と鹿園、それから鹿園の兄さんと俺の兄貴、皆してこれから東京に帰るから」

『これからあ？　ちょっと待ってよ。ロシアンがしばらくいるっていうから、ホテル引き払って別荘に移ったっていうのに、なに？　もう帰るの？』

どうしてよ、と喚《わめ》き立てる春香を俺は、

「いろいろ理由があって」

と適当に誤魔化《ごまか》すと、

「春香さんたちは軽井沢に残るんなら残れば？」

ホテルにまた戻ればいいし、と続けた。

『帰るわよ。急に帰るのには理由があるんでしょ』

春香があからさまにむっとしたようにそう返す。

「いや、その理由がたいしたことないからさ」

別に春香をあえて軽井沢に留まらせようとしたわけではないが、あとから怒られるのは困る、と俺はその『理由』を説明した。

「兄貴が、長野県警の刑事部長にコナかけたんだ。その刑事部長、鹿園の兄さんの友達で、それで鹿園の兄さんが怒っちゃって帰京。というわけなんだけど」

『おもしろいじゃない。帰る帰る。凌駕の修羅場、見逃してなるものか、よ』

一緒に帰るから待っててね、と言われ、俺は庭へと駆け出すと、バイクを引いてきた麻生に、

「春香さんが待っててだそうです」

と伝えた。

「待ってってどのくらいよ」

「さあ……」

そういや今いる場所を聞いていなかった上に、春香は荷造りにたいそう時間がかかる女――じゃない、オカマだった。

出発は半日後とかになったりして、と俺が考えたのと同じことを麻生も考えたようだ。

「……先、帰ろうか」

「……そうですね」

頷いた俺に麻生は、

「それより、ダーリンは?」

と聞いてきた。

「あれ？　まだ応接間かな。呼んできます」

既に鹿園兄と俺の兄貴は、鹿園兄の車で別荘を出てしまっているようだ。駐車場には麻生のハーレーと春香の車しかなかった。

鹿園は電車で来たのだろうか。麻生はタンデムシートに俺ではなく鹿園を乗せるだろう。俺は新幹線で帰るか、なんてことを考えながら鹿園の姿を求め別荘内へと向かう。

「あの、坊ちゃまたちはいかがされたのでしょう」

応接間のドアの前では、銀髪の執事がおろおろと立ち尽くしていた。

「兄弟喧嘩《きょうだいげんか》とかじゃないです。二人とも急に東京に戻る用事ができただけで……」

喧嘩はしていない。ただ鹿園は敬愛する兄の言動にショックを覚えているだけのはずだ。どんなショックを覚えたかまで説明すると、銀髪の美老人は卒倒するに違いない。

そんな、老人の寿命を縮めるようなことなんてできない、と俺は彼の横をすり抜け応接間のドアを開いた。

「鹿園、東京に帰ろう」

未だ呆然《ぼうぜん》としている彼に声をかける。と、鹿園は顔を上げ俺に訴えかけてきた。

「大牙……あれは本当に、兄さんなのか？」

「……ひとまず、東京に帰ろう。みちみち話は聞くから」

慰めの言葉を口にした直後、鹿園は麻生のタンデムシートか、と思い出す。

「……東京でゆっくり話は聞くから」

彼をこうも動揺させたのは兄の変貌《へんぼう》ぶりだが、その変貌に俺の兄貴がかかわっているだけに邪険にはできない。

「大牙ぁ」

なので俺は涙ぐみながら抱きついてきた鹿園の背をしっかりと抱き締め、ぽんぽんと、まるで母のような優しさであやしてやった。

「泣くな。さあ、東京に帰ろう」

話はそれからだ、と誤魔化し誤魔化し、鹿園を外へと連れ出す。

「ダーリン、どうしたのぉ？」

エントランスには待ちくたびれた感のある麻生が腕組みをし、俺たちを迎えてくれた。横には春香と君人もいる。

「あ、春香さん」

「春香さん、じゃないわよ。遅いじゃないの」

すぐ帰るっていうから急いだのにさあ、と春香に睨まれ謝罪する。

「すみませんでした」

「仕方ないわねえ」

と言いつつも彼は、自分たちの車へと向かっていった。

「あ、春香さん、俺も乗せてもらえます？」

「……仕方ないわねえ」

恋人と二人きりの車中の旅を邪魔されるのがいやだったのだろう。先ほどの『仕方ないわねえ』より更に嫌そうに同意してくれた彼に礼を言い、あとに続くべく鹿園の腕から逃れようとする。

「それじゃ、また東京でね」

麻生は俺たちの背に声をかけると、にっこり、と、俺などには見せたことのない慈愛に満ちた優しげな笑みを鹿園に向けた。

「さあ、ダーリン、乗ってちょうだい。東京まで、誰にも邪魔されない時間を楽しみましょう」

語尾にはしっかりハートマークがついていた。が、傷心の鹿園は気づかなかったようで、俺にしがみついたままの状態で首を横に振る。

「……結構です。大牙と電車で帰ります」

「そんなこと言わずに、さあ、お乗りなさいって」

めげずに麻生が誘い、俺もまた、

「乗せてもらえよ。俺は春香さんの車に乗るから」

と勧める。

「いい。大牙と釜飯《かまめし》を食べる」

「いや、今、釜飯買おうと思ったら車だから」

だから麻生と一緒に、と猫撫《ねこな》で声を出したが、鹿園は意外としぶとかった。

「それならだるま弁当」

「だるまより釜飯にしようよ。春香さんの車で追いかけるからさ。麻生さんのハーレー、かっこいいぞ。一度乗っておいて損はない。一生の思い出になるぞ」

「トラちゃん、あたし、あんたのこと見くびってたわ」

「見くびって……そうですか」

なんて正直な、と相槌《あいづち》を打つ俺を、抱きついている鹿園ごと麻生が抱き締めてくる。

「あんた、あたしに協力してくれようとしてるのよね。わかってるじゃないの！　ただのぼんやりさんじゃない。ううん、ぼんやりどころか、よく気がつく優しい子じゃないのーっ」

「……お、恐れ入ります……」

下心満載の俺としては、それ以外に答えようがない。

まあ、下心といっても単に、華門の言いつけを守ろうとしているだけなのだが——という俺の思考など読めるわけがないのに、鹿園はかたくなに、

「いやだ」

と首を横に振る。

「ダーリン、どうして」

「鹿園、とりあえず東京に戻ろうぜ」

話はそれからだ、と鹿園を強引に促し、麻生のタンデムシートに乗せようとする。

「でも……」

「俺もすぐ追いかけるから。そうだ、峠《とうげ》の釜飯屋で合流しようぜ」

「えー」

異論を唱えたのは麻生だった。

「近いわよー。あっという間に着いちゃうじゃない。東京までノンストップでいきたいわあ」

「……まあ、その辺はおいおい相談するとして、とりあえず帰りましょう」

華門に言われたとおり、麻生を連れて軽井沢を離れる。

帰京したら真っ先に華門と連絡を取ろう。なぜ帰京を急がせたのか、それを聞き出すのだ。そのときには行為に流されることなく、なぜ『神野』と名乗っていたのか、とか、麻生家に入り込んでいたのはなぜなのか、とか、聞かねばならないことをきっちり問いつめよう。

そう心に決めていた俺の前で麻生が鹿園にヘルメットを渡し、満面の笑みを浮かべつつハーレーのエンジンをかける。

「……あら？」

途端に彼の声が曇《くも》り、既に自分ではかぶっていたヘルメットをはずす。

「どうしました？」

「なんだかエンジン音が変なの。タンクに砂でも入れられているような……」

「なんだって⁉」

思わず大声を出した俺の声に、ようやく自分を取り戻したらしい鹿園がヘルメットをはずしながら声をかけてくる。

「どうした、大牙？」

「……狙《ねら》われていたのは、麻生さんだったのか……？」

だからこそ華門は、麻生を連れて軽井沢を出ろといったんだろうか。

呆然としている俺のかわりに、すっかり普段の調子を取り戻した鹿園が、きびきびとこの場を仕切り始めた。

「すぐ、長野県警を呼びましょう。兄の友人が刑事部長をしてる。先ほどまでこの場にいたからすぐに駆けつけてくれることでしょう」

バイクから離れて、と麻生に指示し、ポケットから取り出した携帯で電話をかけはじめる。

「ダーリン、凛々《りり》しいわ」

麻生はすっかりうっとりし、目がハートになっていた。が、バイクから降りようとし「あ」と声を上げた。

「ブレーキもきかないように細工がされてるみたいね」

「……あきらかに、麻生さんの命を狙ってますね」

鹿園が唸《うな》り、そうだろう、と俺に同意を求めてくる。

「ちょっと、どうしたの？」

不穏な気配に気づいたらしい春香が君人と共に車を降り、駆けつけてきた。

「麻生さんのバイクに細工がされてたっていうんだ」

「あら、やだ。一体誰が……」

春香が青ざめ、麻生を見やる。

「もしかして……」

「やめてよ」

春香の言いたいことを麻生はすぐさま察した。

「あり得ないわよ。血の繋《つな》がった弟が命を狙うだなんて」

「そりゃそうよね……」

同意しつつも春香はまだ、その疑いを捨てきれないようだった。

「弟さんも狙撃《そげき》されていますしね」

もしや麻生も、実の弟に対する疑いを捨てられずにいるのかもしれない——苦悩に満ちた表情を浮かべる彼を前に、俺の頭にその考えが浮かぶ。

否定できるだけの材料を提示してやりたい。その願いから告げた言葉は、麻生本人により更に否定された。

「あたしたち兄弟の命を奪って、雅也叔父さんが社長の座につこうとしたって？　あり得ないわよ、それも」

「リスクが高すぎるわよね。真っ先に疑われるってわかってるんだし」

頷く春香に麻生もまた頷き返す。

「あんたの車、五人も乗れるの？」

「狭くていいなら」

任せて、と微笑み頷いた春香に麻生もまた、

「悪いわね」

と微笑み返す。その顔は酷《ひど》く寂しげだった。

「帰京の前に、事情聴取になりそうです……」

県警の刑事に報告を終えた鹿園が俺たちを振り返りそう告げる。

「県警の見解を聞きたいわね」

頷く麻生の顔はますます青ざめていた。

彼のためにも、この件に麻生の身内は誰もかかわっていないといい。

そう願いながらも俺は、己の胸に、そんなわけがないだろう、という考えが浮かぶのを奥へと押し込むことがまるでできずにいたのだった。

# 7

県警に連絡を入れた後、ものの十分ほどで北原が姿を現した。

「凌駕さんは？」

開口一番、俺の兄貴の行方《ゆくえ》を聞いてきたところをみると、彼の興味は事件よりも兄貴にあったに違いない。

「東京に帰りましたが」

「あ、そうなんだ」

あからさまにがっかりした様子の彼がこのまま帰ってしまったらどうしようと思ったが、ありがたいことに杞憂《きゆう》に終わった。

「ハーレーのブレーキがきかなくなっていたと？」

「ガソリンタンクにも異物が入っているみたい」

「……何者かがあなたを狙ったと？」

「考えたくないけどね」

肩を竦《すく》める麻生を北原がじっと見つめる。

「なによ」

その目は、と麻生が睨むと北原は、

「いや」

と首を傾《かし》げた。

「麻生一族はいったいどうなってるんだ？　さっきは専務が狙撃され、今度は長男のあなたのバイクに細工がされただと？」

「ちょっと、何が言いたいの？」

言葉に刺《とげ》があるわね、と嫌な顔をした麻生に、

「別に他意はありませんが」

と北原がクールに返す。

「麻生専務狙撃については、先ほど狙撃犯が逮捕されました。雅也《まさや》副社長に依頼されたと証言しているので、今事情聴取に向かっています」

「嘘でしょう？」

信じられない、と麻生が目を見開く。

「本当です。当然ながら副社長は否定していますが」

「証拠はあるんでしょうね」

言いがかりではないのか。そう言いたげな麻生に北原はあっさり頷いた。

「はい。あります」

「証拠って、まさかスナイパーの証言とか言うんじゃないでしょうね」

「それもありますが、狙撃手への金の流れが明らかになったんです。副社長の個人口座から振り込まれていました」

「信じられないわねえ」

あの叔父が、と溜め息交じりに呟いた麻生に北原が、

「事実です」

と頷いてみせる。

「専務への——麻生薫さんへの脅迫行為についても今、調査中ですが間違いなく……」

「叔父がやったってわけ？」

「はい。もしや、今回の細工も副社長かもしれません」

北原の言葉に麻生は一瞬絶句したあと、

「叔父さんがそんな……」

と呟く。

「自分が社長の座につくために障害となる可能性を一つ残らず潰《つぶ》そうとしていたのかも」

「ありえないわよ、そんな。叔父さん、凄い人格者なのよ？」

麻生が信じられない、と首を横に振る。

「人格者がスナイパーを雇いますかね」

嫌み全開の北原に麻生が何かを言い返そうとしたそのとき、周囲にざわめきが走ったと同時に、思いもかけない人物がこの場に現れた。

「兄は？　無事なのかっ？」

警察官たちを押しのけるようにしてやってきたのはなんと、麻生薫だった。

「……あんた……」

麻生が驚いたように目を見開く。が、なぜか対する薫は麻生以上の驚愕《きょうがく》を態度に現し俺の注意を引いた。

「…………どうして…………」

そう言ったきり絶句した彼の様子を訝ったのは俺だけではなかった。

「何よ」

まず麻生が、そして、

「麻生薫さんですね。どうしてここに？」

北原が不審さを隠そうともせず問いかける。

「いや、警察から連絡が……」

対する薫は、未だ呆然とした表情を浮かべていた。

「警察から？」

まさにその『警察』である北原の眉間《みけん》の縦皺《たてじわ》がますます深まる。

「重傷の兄が鹿園家の別荘に運び込まれたという連絡が警察からあったんです。それで駆けつけたのですが……」

薫の答えに今度は北原が驚き、周囲を見渡す。

「おい、誰がそんな連絡を入れたんだ？」

周囲の刑事たちが一斉に首を横に振る中、麻生の訝しげな声が響く。

「あたしが重傷？　なんだってそんな……」

「バイクの事故を見越したということでしょうかね」

それまで黙っていた鹿園がそう答えたのに、なるほど、と皆が納得した声を上げる。

場がまたもざわめく中、青ざめた顔をした薫が、

「なんなんです？」

と問いかけたそのとき、ひらひらと何枚もの写真が唐突に空から降ってきた。

「え？」

いったいどこから、と周囲を見渡しつつも、すぐ目の前に落ちてきた写真を手に取る。

「……あ……」

思わず声を上げたのは、そこに写っていたのが目の前にいる薫だったためだった。

今、彼は仕立てのよさげな三つ揃《ぞろ》い姿だが、写真の中では今と同じスーツの上に、古びた

ジャンパーを羽織っている。

彼が手にしているのはペンチだった。傍に写っているのは麻生のハーレーダビッドソンだ。

「なんだこれはっ」

同じく空から降ってくる写真を見た北原が大きな声を上げる。

麻生や鹿園も写真をそれぞれに手にしていた。鹿園はわけがわからないという顔をしていたが、麻生ははっきりと青ざめ、食い入るように写真を眺めていた。

写真は薫の上にも平等に降ってきたので、彼もまたそれを手に取り見やったが、すぐに真っ青になりその場で固まってしまった。

「……違う……っ」

力なく呟く彼の声が空《むな》しく周囲に響く。

『違う』という言い訳は最早、通用しなかった。

次々と写真は空から降ってくる。次に俺が目にしたのは、麻生のハーレーの傍らに座り込み、工具を手にハーレーのブレーキに細工をしようとしていた薫の姿だった。

「違う……っ！　違うんだ……っ！」

必死の形相《ぎょうそう》で弁明を続ける彼の言葉に、聞く耳を持つことはやはり俺にはできなかった。

「違うんだ！　信じてくれ‼　これは何かの……そう、何かの陰謀だっ」

悲壮感漂う薫の声が響きわたる。

「我々も信じたいんですがね」

溜め息交じりに北原が告げ、写真と薫を交互に見やる。

「麻生恭一郎さんの命を奪おうとしたのは、副社長ではなくあなただったということですね？」

確認を取る北原を前に、薫は激しく首を横に振った。

「何かの間違いだ。これは僕じゃないっ！　誰かが僕を陥れようとしているんだ……っ」

反論が空しく周囲に響いた。

どのような細工をすれば、こうも鮮明な証拠写真が撮れるのか。是非《ぜひ》教えてもらいものだと嫌みの一つも言ってやりたかったが、テンパっている様子の薫を見るとその気もなくなった。

そもそもこの写真は誰が撮ったものなのか。そして誰が今、ばらまいたのか。

目的はなんだ？　薫の悪事を我々に知らしめるためか？

いったいどこの誰がそんなことをするというのだ。呆然としていた俺の耳に、麻生の掠《かす》れた声が響く。

「薫……あんた……」

その声を聞いた瞬間、それまで青ざめ、狼狽《ろうばい》しきっていた薫の表情が一変した。

「お前が悪いんだっ！」

怒りを露《あら》わにし、ぎらぎら光る目で麻生を睨みつける。

「…………」

あまりに憎々しげな眼差《まなざ》し、そして声音《こわね》に、麻生は絶句し立ち尽くした。傍らで俺も言葉を失い、そんな二人の姿を見ていることしかできなくなる。

「長男ってだけで、出来損ないでも家族にも周囲にも大事にされる！　僕がどれだけ努力しても、父も母も認めてくれない！　生まれた順番が遅いだけで！　僕の気持ちがお前にわかるかっ！」

怒声を張り上げる薫に対し、麻生は終始無言だった。俯《うつむ》く彼の顔は酷く傷ついているのを必死に押し隠しているように見える。

酷い話だ、と思ったときには堪らず俺は薫を怒鳴りつけていた。

「ふざけるな！　もしもお前がした細工に気づかなかったら麻生さんは死んでたかもしれないんだぞ！　実の兄を殺すつもりだったのか？　自分が何をしたか、お前、わかってないんじゃないかっ？」

「トラちゃん、いいわよ、もう……」

横から麻生が止める。が、俺は黙っていられなかった。

「よくない！　麻生さんは出来損ないなんかじゃないし、長男って理由だけで優遇されてるわけじゃないだろ？　親が、周囲が認めてくれないって、自分が劣ってるからだってなんで思わないんだ？　俺の兄貴は確かにいろいろアレな部分はあるが、俺はちゃんと優秀だと認めることができるぞ！」

「貴様のことなんか知るかっ！　僕はこんな、オカマの兄より断然優秀なんだ！　ただ、次男というだけで冷遇されてるだけなんだ！」

喚き立てる薫を前に俺は、ダメだ、これは、とつい溜め息を漏らしてしまった。そんな俺に対し麻生は、ほらね、というように苦笑し首を横に振っている。

「だからといって殺していいわけがない。そのくらいのことはわかりますね」

横から北原が冷静に言葉を挟み、部下の刑事に目配せした。

「は」

数名の部下が薫を取り囲み、中の一人が彼に手錠をかける。

「おしまいだ！　もうおしまいだ！　くそぉ、誰がこんな写真をっ」

喚き散らす薫は、刑事たちに囲まれたまま覆面パトカーへと押し込まれていった。

「災難でしたね」

北原が同情的な目を麻生に向ける。

「……兄弟喧嘩よ。届けを出す気はないので、適当なところで家に帰してやってね」

俯いたままそう告げた麻生の顔は酷く寂しそうだった。

「いや、しかし……」

北原が戸惑った声を上げたその横で、それまで口を閉ざしていた鹿園が冷静な言葉を告げる。

「もしや彼の狙撃も、彼自身が仕組んだ巧妙な『やらせ』かもしれない。社長の座につくには副社長の叔父が邪魔だということで、あえて疑いを向けるようにしたのかも」

「あの子がそんな壮大な計画、たてられるとは思わないけど……」

麻生はそう言ったが、鹿園の意見は北原には実に有意義なものに思われたようだった。

「確かに君の言うとおりだ。狙撃手と、それに金の流れをもう一度きっちり調べよう」

それでは、と北原は颯爽《さっそう》と覆面パトカーへと戻りかけたが、何か思いついたように立ち止まりくるりと俺たちを振り返った。

「凌駕さんの携帯番号、誰かご存じじゃないですか」

「……………すみません、知りません……」

常にトラブルの渦中にいる兄貴は、ころころ携帯をかえるので、本当に俺は番号を知らなかった。

「……そうですか……」

あからさまにがっかりした顔になった北原は、肩を落としつつパトカーへと向かい、そのまま数台の覆面パトカーは鹿園の別荘から去っていった。

「…………実の兄の身に危害を加えようとするなんて、信じられません」

鹿園がぽつりとそう告げ、深い溜め息を漏らす。

俺が知る中で、『トップオブトップ』のブラコンである鹿園らしい言葉だが、そこまでブラコンではない俺も、兄貴をどうこうしようなんて考えたことはなかった。尻軽《しりがる》で、問題ばかり起こした挙げ句、すぐさま海外に逃亡旅行する兄貴ではあるが、嫌いと思ったことはない。

好き嫌いを超えたところにあるのが肉親の情だと思っていたが、麻生薫はそうではなかったのか。それとも何か特別な事情があるのだろうか。

落ち込む麻生を見るにつけ『特別な事情』があってほしいと思わずにはいられない。

そう願う俺の横で、鹿園が麻生に声をかけた。

「麻生さん、バイクの修理が間に合うようでしたら、一緒に東京まで帰りましょうか」

「……ダーリン……」

「鹿園……」

やはり俺の知る中では『トップオブトップ』のいい奴である鹿園は、麻生の気持ちを引き立たせようとしたようだ。

だがその申し出を麻生は、

「ありがとう」

と微笑みながらも断った。

「薫が逮捕されたことが両親に知れればきっとショックを受けると思うの。ちょっと二人の様子を見てくるわ」

そう言うと麻生は、俺にも、

「トラちゃんも、いろいろありがとね」

と微笑みを残し、近所ゆえ徒歩でもそう時間はかからないであろう彼の両親のもとへと向かっていった。

「…………酷い話だよな」

鹿園がやりきれない声を出す。

「本当に……」

頷いた俺の胸にも、とぼとぼと立ち去っていく麻生の広い背中を痛ましく思う気持ちが溢《あふ》れていた。

「それにしてもわからないのがあの写真だ。それに薫は誰にここへと呼び出されたのか……県警の刑事たちは皆、心当たりがなさそうだったし」

鹿園が口にした疑問に俺も、

「そうだよな」

と頷き——次の瞬間、もしや、という可能性に気づいた。

もしや、華門——？

なぜそんな考えが浮かんだのかはわからない。可能性としてどのくらいあるのかも見当がつかない上、そもそもなぜ華門がそのようなことをするのか、理由もさっぱりわからなかった。

が、一連の出来事が華門の仕業だと言われたら、なるほど、と納得できる。そんな気持ちになってはいた。

ブレーキの異常に麻生が気づいたのは、ガソリンタンクに砂が入れられていたからだ。薫は麻生に事故を起こさせる気だったから、タンクにそんな細工をするわけがない。

もしやそれも華門がしたことなのだろうか。危機を回避させた上で、警察の名を騙って薫を呼び出し、そこに証拠となる写真を空からばらまき彼を逮捕させる。

華門以外、こんなことをしそうな人間は思い当たらない。

しかしなぜ彼がそんなことをしたのかはわからないが——俺の耳に華門の声が蘇る。

『すぐさま、軽井沢を去れ。麻生と共に』

麻生はまた、狙われるのだろうか。

それとも薫が狙っているとわかったから、華門はああ言ったのか?

確かめたい。自然とポケットの中の携帯を握りしめていた俺の頭の中には、意味深な言葉を告げ去っていった華門の後ろ姿が浮かんでいた。

両親のいる別荘へと向かった麻生は夜になっても帰ってこなかった。

「恭一郎《きょういちろう》、大丈夫かしら」

春香は誰より彼を心配し、数分おきにそう告げては君人に宥《なだ》められていた。案じているのは俺たちも一緒だったので、帰京は取りやめもう一日鹿園の別荘に留まることになった。

俺は少々気になることがあったために、こっそりと別荘を抜け出し、先ほど華門と会ったばかりの雲場池《くもばいけ》近くの誰ともわからぬ別荘の裏手へと再び向かっていた。

周囲に人影がないことを確かめ、携帯を取り出す。

ワンコール。ツーコール。

普段だと、こうしている間に華門は姿を現すのだが、今回はパターンが少々違った。

『早く東京に戻れ』

応対に出た途端、そう告げる彼に俺は必死で食らいつく。

「写真をばらまいたのも、薫を呼び出したのもお前なんだろう?」

『麻生は当面、軽井沢に留まることになるだろうが、お前はすぐさま東京に戻れ』

電話の向こうから、やたらと淡々とした華門の声が響く。

「教えてくれ。どうしてあんなことをした?」

『明日の朝早く、お前は軽井沢を離れろ。いいな』

俺の質問に一つも答えてくれることなく、華門は電話を切ってしまった。

「もしもし? もしもし?」

再度かけ直したが、電源が入っていないためにかからないというアナウンスしか聞こえてこない。

否定しなかったところをみると、すべて華門がやったことと考えて問題はなさそうだった。

しかし理由はわからない。

麻生は残してでも軽井沢を去れというのは、すでに麻生の身を襲うであろう危機は回避されたということなんだろうか。

しかし俺の身には危険が迫っていると——？

だいたいなんで俺の身に、と首を傾げつつも、いつまでも繋がらない電話を続けていても仕方がないと思い直し、再び鹿園の別荘へと戻ることにした。

別荘で俺は、麻生の身がなぜ『安全』になったかをすぐにも悟ることとなった。

「麻生邸に厳戒態勢が敷かれているそうよ。暴力団の関与がわかったんですって」

麻生から今連絡があったと春香が教えてくれたのだ。

「暴力団？」

「そう。以前から薫専務は暴力団と癒着《ゆちゃく》があったんですって。今回の件は、その暴力団にそそのかされたんですってよ」

「今回の件っていうと、麻生さんのバイクに細工したこと？」

「狙撃事件もよ。副社長に罪を擦り付けようとした……その件もゲロッたんですって。やっぱりお坊ちゃんよねえ。警察にちょっと締め上げられたくらいであらかた吐いちゃうなんてさ」

肩を竦めてみせた春香の説明によると、薫は社内での実権を得ようとするあまり金策に走り、それでタチの悪い暴力団に取り込まれてしまったのだそうだ。

麻生社長が倒れたとの話を聞き、次期社長の座を薫のものにするために、まずは人望の厚い副社長を引きずりおろし、続いて両親の評価が高い長男の麻生恭一郎を亡き者にしようとした。

彼の自白をもとに、暴力団幹部に捜査の手が伸びている、とのことで、俺も春香も、そして鹿園も、なんともいえない思いを胸に溜め息をつき合ったのだった。

「恭一郎はしばらくこっちに留まるって。あたしももう少し、いようかしら」

あんたはどうする、と問われたのに、俺は鹿園を理由に帰京することにした。

「鹿園をいつまでも休ませるわけにはいかないから、いったん戻ろうと思う」

「大牙、別に僕は大丈夫だよ」

そう言いつつも鹿園は、俺が自分を気にしてくれたと思ったらしく酷く嬉しげだった。

「また、様子見に来るよ」

麻生はさぞ落ち込んでいるのだろう。それがわかるだけに俺の胸も痛んでいたが、華門に『明日の早朝に東京に戻れ』と言われたことも気になっていたので、いったん戻ることにする。

東京で果たして何が俺を待ち受けているのか。それとも俺が軽井沢に留まってはならない理由があるのか。

そのあたりをはっきりさせたい。そう俺は思っていた。

春香たちはホテルに戻ると言ったが、俺がまた、軽井沢に来ると言ったからか、鹿園はこのまま別荘に留まってほしいと告げ、春香と、そして君人を喜ばせた。

「悪くない？」

「僕も次の休みには大牙と一緒にまた来ますから」

どうぞどうぞ、と愛想よく微笑む鹿園に、別にお前は来なくてもいいんだけどなと考えていることを悟られぬようにしなくてはという配慮のもと、俺たちは四人で軽井沢最後の晩餐《ばんさん》を迎え、翌朝には鹿園と俺は、鹿園家の銀髪の執事がどういう手段を使ってか入手していただるま弁当を手に、新幹線で帰京したのだった。

8

帰京した俺と鹿園を探偵事務所で待ち受けていたのは、鹿園兄と俺の不肖の兄貴だった。

「恭一郎、かわいそうだね」

兄貴は春香から情報を得、鹿園兄は県警から連絡があったようで、既に麻生の弟が逮捕されたことを二人とも知っていた。

「暴力団の本拠地は東京にあるので、今警視庁も捜査協力に乗り出しているよ」

鹿園兄の言葉に、鹿園は、

「すぐ、現場に復帰します」

という頼もしい言葉を残し、言葉どおり『すぐさま』警視庁内に設けられたという捜査本部へと向かった。

鹿園兄と兄貴はすっかり仲直りをしているようで、ラブラブオーラがハンパなかった。いちゃいちゃしている彼らを横目に、留守にしていた間に入っていた依頼の電話をチェックする。

行方不明の飼い猫探しが一件、浮気調査が二件、留守番電話に残っていた。

どうするかと考え、まずは浮気調査のクライアントに電話を入れようとしたときに、それまで鹿園兄といちゃいちゃしっぱなしだった兄貴が口を挟んできた。

「ねえ、大牙、誰に電話しようとしてるの？」

「留守電で依頼してきた人」

「だから順番は？」

そのくらい、わかってるよう、と口を尖らせつつ、兄貴が問いを重ねる。

「最後の浮気調査から……」

「ダメダメ。大牙はそういうところがダメなんだよ」

いきなりの駄目だしに俺は戸惑ったあとに、

「なんでだよ？」

とつい尖った声を上げてしまった。

というのも、先に戻っているにもかかわらず、兄貴は何一つ仕事に手をつけていなかったからだ。

だいたいこの事務所の経営者は誰なんだよ、と言ってやりたいところを堪《こら》え聞いた俺に兄貴は、

「だから、順番は守らないとダメなんだって」

と、俺の機嫌の悪さなど知ったこっちゃない、どころか、説教モードで話を続けた。

「勝手にプライオリティをつけちゃダメ。ネコ探しをするかしないかはともかく、最初に電話をもらった順から対応しなきゃ。お客さんにはわからないとでも思っているのかもしれないけど、そういう身勝手なプライオリティづけには、皆、敏感に気づくからね」

「…………はあ…………」

ごもっとも。それ以外言いようのない兄貴の発言にはもう、頭を下げるしかない。

「それに、いくつもの仕事を並行してできるようにならないと、事務所の採算的にも厳しいでしょう。ネコを探しに保健所に行きつつ、浮気調査の聞き込みをするくらいのこと、普通できるよね？」

「……はあ……」

さらに耳に痛いことを言われ、またも『はあ』としか答えられなかった俺を見て、兄貴は、やれやれ、というように深い溜め息をついた。

「春香に聞いたけど、また事務所の家賃ためてるそうじゃない。ダメだよ。春香の優しさに甘えちゃあ。親しい人との付き合いこそ、きちっとしなきゃダメ。特に金銭関係は。わかった？」

「はい。申し訳ありません」

本当におっしゃるとおりとしか言いようがなく、頭を下げる。

「あれ」

しかしここで俺は気づいてしまった。

「兄貴、『親しい人との付き合いこそきちっと』しなきゃダメっていうなら、春香さんの歴代彼氏にコナかけちゃダメだったんじゃないか？」

「コナ？」

傍にいた鹿園兄の顔色がさっと変わった。

「大牙、何言っちゃってんの？」

兄貴が鬼の形相になり俺に食ってかかる。

「いや、だって、言動不一致っていうかさ」

「僕はお前のためを思ってアドバイスしてるっていうのに、なに？　お前は僕の足を引っ張るの？　それでも弟？　ウチも麻生兄弟と同じってこと？」

「俺だって兄貴のためを思って言ってるんだぜ？」

「どこがだようっ！」

ついさっきまで、頼れる兄貴だったのが、今や駄々っ子になっている。

人として、他人のものに手を出すのはやめたほうがいい。そう諭してやれるのも身内だからこそという俺の愛情はさっぱり兄貴には通じなかったようだ。

「もう、大牙なんて知らない！」

捨て台詞《ぜりふ》を残し、兄貴が事務所を駆け出していく。

「待ってくれ」

鹿園兄が慌ててそのあとを追おうとするのを、俺は一応止めてみた。

「あの、きっとすぐに戻ってくると思いますけど」

「わかってる。でも追わずにはいられないんだ」

鹿園兄が苦笑し、俺を振り返る。

「あのー、本当にいいんですか、あの兄で」

鹿園とは長年の友情を育《はぐく》んでいるし、日頃大変世話にもなっている。

その鹿園が敬愛してやまない彼の兄にとって、俺の兄貴のようなビッチと付き合うことは決してプラスになるとは思えない。

今だって、兄貴のわがままに付き合って大切な仕事を休んでいるわけだし、と、余計なお世話と思いつつそう言わずにはいられなかった俺に、鹿園兄はたいして気を悪くした様子もなく肩を竦めてみせたかと思うと、意外なことを言い出した。

「大牙君。恋したことあるかい？」

「はい？」

唐突な問いに戸惑い、思わず声を漏らした俺に向かい、鹿園兄は実に爽《さわ》やかに微笑んだ。

「自分のためにならない。それでも進んでしまうのが恋なんだよ」

「…………はあ…………」

またも『はあ』と言うしかなかった俺を残し、鹿園兄は、

「それじゃあ」

と右手を挙げると兄貴のあとを追いかけ事務所を出ていってしまった。

「恋…………ねえ」

破滅に向かうことがわかっているのに進むしかない。それが恋。

小説のフレーズのようだな。そう思う俺の頭にはそのとき、華門の姿が浮かんでいた。

「……恋……か」

再び呟いた俺の頬にじわりと血が上ってくる。次第に速まってくる鼓動を持て余す俺もまた『恋』をしているということなんだろう。

改めて自覚させられたことが、照れくさいような恥ずかしいような——一緒だ——なんともいえない思いを呼び起こす。

自然と緩んでくる口元を引き締め、頬を両手で叩く。

「さて、仕事だ」

どうしようもないビッチの兄貴ではあるが、言っていることはまっとうだった。

彼のアドバイスを聞き入れ、仕事に臨もう。そうして一日も早く滞納している事務所の家賃を支払おう。

やる気に溢れる俺の頭には未だに華門の影があったが、あえてそれを振り払うと、仕事へ

と意識を集中させていった。


俺が気にしているのがわかったのだろう、鹿園はその日の夜、わざわざ捜査状況を教えるべく事務所を訪れてくれた。

「暴力団も組長が逮捕されたからね、もう観念して下っ端から次々口を開いている。麻生薫と共謀し、あたかも副社長の雅也が狙ったかのように装って彼を狙撃したこともわかった。だが取り調べが幹部に及ぶにつれ、気になる新事実が新たに出てきたんだ」

「気になる新事実って？」

なんなんだ、と問うたというのに、鹿園の口から出たのは、

「肉の焼き加減、そのくらいでよかったかな？」

という、答えでもなんでもないものだった。

というのも彼は、報告に来てくれただけではなく「ついでだから」と俺の夕食まで作ってくれていたのである。

今日のメニューはヒレ肉のソテーとマッシュポテトだった。もっと手の込んだものを作りたいのだが、時間がないゆえこれで勘弁、といいつつ、肉はA５ランクの和牛だという。

「美味しい。美味しいから気になる新事実ってなんだ？」

頼むからそっちを先に聞かせてくれ、と俺が頼んでようやく、話題は事件に戻った。

「暴力団が麻生薫に近づいたのは二年ほど前からのことだった。目的は勿論、麻生コンツェルンだ。同族会社だし、麻生さんは他の職業についているから、ゆくゆくは薫が会社を継ぐという判断で、早々に取り込んだという話だ。その判断をしたのは逮捕された組長——小田《おだ》と言う名だが——で、今回の一連の犯行も直接手を下したのは小田の組の連中だった。だが麻生さんのバイクに細工をしたのは薫本人だ。なぜ組の人間ではなく薫自ら手を汚したのか。そこがわからなくて追及したところ、思わぬ新事実が判明した」

「だからなんなんだよ、その『新事実』って」

もったいぶるな、と鹿園を睨む。と、彼が俺に告げた言葉は、

「マッシュポテト、今回うまくできたと思わないか？」

という、また料理に関するものだった。

「……とっても美味しい。で？　新事実は？」

食事を作ってくれるのはありがたい。だが今知りたいのは『新事実』だ。それを思いっきり主張したというのに、

「美味しい？　よかった」

と鹿園は幸せそうに微笑んでいる。

「……で？」

切れそうになりつつも、こっちは教えてもらう身なのであくまで低姿勢で尋ねる。

「それが……」

やはり鹿園はもったいぶっていたようで、ここでまた、少々もったいぶってみせたあと、
俺が、

「なんだよ」

と問いかけるのを待たず、その『新事実』を教えてくれた。

「嘘か本当か、奴ら、いきなり中国人マフィアの存在を匂《にお》わせてきた」

「中国人マフィア？」

唐突だな、と首を傾げる俺に鹿園も、

「驚きだろう？　そして意外だ」

と頷いてみせる。

「二年前に、組長の小田が麻生薫に目をつけた時点では中国人マフィアの存在などまったくなかった。が、今回、社長が倒れたのを機に中国人マフィアが介入してきたというんだ。にわかには信じがたいが、小田はそう主張している。そんな外国人マフィアの存在があろうがなかろうが罪状は変わらないと言ってやっても主張を変えない上に、身の安全の保障を訴えてくるんだ。失敗した以上、報復は免れない。逮捕されるのはやぶさかではないが、留置所

内では護衛をつけてほしいと」

「なんだそれは？　本気で言ってるのか？」

「ああ。僕も取り調べに同席したが、とても嘘をついているようには見えなかった。小田は本気で怯《おび》えていたよ」

「わけがわからないな……」

思わず呟いた俺の脳裏で、チカ、と何かが光った。

「あまりに突拍子もない話なので、我々も信憑性《しんぴょうせい》を疑っている……が、組長が怯えているから護衛はつけた上で独房にしたよ」

「中国人マフィアねえ……」

また、チカ、と頭の中で何かが光る。

中国人マフィア――それはもしや、と問いかけようとしたそのとき、鹿園の声が響いた。

「組長いわく、麻生さん殺害はその中国人マフィアに指示されてのことだというんだ。組側としては、殺人などなんのメリットもないので、組員ではなく薫本人にさせたと。暴力団との癒着が世間に知られてもいいのかと脅したそうだよ。その件については薫の供述も一致している。組側に脅されたので麻生さんのバイクのブレーキに細工をしたとね。でも、ガソリンタンクに砂を入れたことは認めていないんだ。あくまでも自分がやったのはブレーキの細工だけだと言っている」

「脅されたから実の兄のハーレーに細工をしたと?」

それもなんだかな、と思った俺の心を見透かしたように、

「まあ、屈折した心情もあったと思うよ」

と鹿園は顔を顰めた。

「実の兄を手に掛けようと思うこと自体、僕には理解できないが」

「それは俺もだ。兄貴にはいろいろ問題があるっちゃーあるが、できることなら俺より長く生きてほしいと願ってる」

年齢的にはちょっと無理かもしれないが、今や唯一の肉親となった兄貴の最期は看取《みと》りたくない。

「ああ、それ、僕も思うよ」

鹿園も同じことを考えていたようで、ぱっと笑顔になり頷いてみせた。

「順番からいったら兄さんのほうが先なんだろうけど、兄さんが死ぬところは見たくない。そうだよね?」

「ああ。きっと兄貴は、冗談じゃないと言いそうだけど……ん?」

鹿園の兄はそう言うだろうが、俺の兄貴については自信がない。

案外あっさり、

『あ、そう?』

で終わりそうな気もするが、だからといって俺の気持ちが変わるわけもなかった。

それが肉親の情というものではないかと思う。麻生もまた、薫に対してきっと抱《いだ》いていたに違いないのに、と思う俺の耳に、その麻生の声が蘇る。

『兄弟喧嘩みたいなものだから……』

あれを聞いても薫は何も感じなかったのだろうか。

命を奪おうとした自分に対し、いかに兄が大きな愛情を注いでくれているか、わからなかったとでもいうのか。

だとしたらあまりに悲しい——思わず溜め息を漏らした俺の肩に、鹿園の手がのせられる。

「麻生さん、大丈夫だろうか」

「……麻生さんが東京に帰ってきたらさ、お前、半ズボンの写真、やれよ」

俺の言葉に鹿園は一瞬、ぎょっとした顔になったものの、すぐに、

「そのくらいで気が休まるのなら」

と頷いた。

「お前、本当にいい奴だな」

思わずそう告げた俺に、鹿園が不思議そうに問い返す。

「どこが？」

「そこが」

それでこそ鹿園だ。親友を誇らしく思いながら俺は鹿園に向かい右手を差し出した。

「どこ？」

戸惑った顔になりつつも鹿園も俺の手を握り返す。

「麻生さんが惚れるだけのことはあるってことだよ」

そう言った俺に鹿園は、

「でも俺が好きなのは……」

ごにょごにょと何か言いかけたものの、俺が、

「なに？」

と問い返すと、

「なんでもない……」

と言葉を濁した。

「しかし、中国人マフィアが気になるっちゃー気になるな」

話題逸らしなのか、鹿園がそう言い首を捻《ひね》る。

「ああ、気になる」

ならないわけがない。頷く俺の頭の中には、俺が唯一知る『中国人マフィア』の顔が浮かんでいた。

まさか――？　いや、しかし。

ありえない。そう思いながらも、頭に浮かんだチャイニーズマフィアの影はなかなか消えていってくれない。

女装姿の彼の名は、確か、林《リン》といった。

今回の件にまさか、彼がかかわっているとでもいうのだろうか。

だからこそ、華門が加勢に来てくれたと――？

あり得ない。心の中で繰り返す俺の鼓動が、どくん、と大きく高鳴る。

なんということだろう。『あり得ない』と思っているにもかかわらず、鹿園が帰ったあとに俺はすぐさま確認を取るべく電話をしようと心に決めていたのだった。

しかし俺の意図に反して鹿園はいつまでも事務所を辞そうとはせず、挙げ句の果てに「泊まる」などと言い出し、俺を唖然《あぜん》とさせた。

「明日も早いんだろ？　帰れよ」

いくらそう言っても「大丈夫」の一点張りで帰ろうとしない。

仕方がない、と泊めることを了承したが、華門に確認したい気持ちは募った。

それで仕方なく鹿園に先に風呂を勧め、その間に彼を呼び出そうと、綱渡りといってもい

い計画を立てざるを得なくなったのだった。

深夜近くまで事件がらみの話をしたあと、俺はさりげなく鹿園に、風呂、お先にどうぞ、的なアプローチをした。

「泊めてもらっちゃって、いいのかな」

泊まりたいとアピールしてきたのは自分だというのに鹿園はここで妙な遠慮を見せ、俺をいらっとさせた。

「帰るなら帰れよ？」

「いや、風呂、お先に」

俺の言葉を聞き、鹿園は一目散に風呂へと向かっていった。

なんだかなあ、と思いつつ、ポケットから携帯を取り出し華門の番号を呼び出す。

ワンコール。ツーコール。

普段なら次のコールで彼は姿を現す。だが前回は応対に出たのだった、と緊張感を募らせ、電話を握りしめたそのとき、事務所のドアが音もなく開いた。

「いったい、どんなプレイを望んでるんだ？」

「華門、話がある」

ドアの前には華門が呆れた顔で立っていた。駆け寄り、胸に縋《すが》る俺の背を華門がしっかりと抱き締める。

「人に見られたほうが興奮するのか？」

にや、と笑いながら唇を寄せてきた彼の胸を俺は、

「そうじゃなくて！」

と押しやり、会話に持ち込もうとした。

「華門、教えてくれ。小田組長に話を持ち込んだ中国人マフィアというのはもしや、林なのか？」

「カラスの行水という言葉を知っているか？」

俺の問いに対し、華門は答えることなく意味のわからない問いをしかけてきた。

「カラスの行水？」

「できる男こそ、その傾向が強いということだ」

そう告げられたと思った次の瞬間、俺は華門に抱き締められていた。

「鹿園がカラスの行水だと？」

そう言いたいのか、と問いかけた俺の頰《ほお》に華門の手が添えられる。

「わかっているなら話は早い」

「待ってくれ。俺は単にお前と……」

話をしたいだけだ。そう告げた俺の声は不意に唇を塞《ふさ》いできた華門の舌に己の舌をからめとられ、喉《のど》の奥へと飲み込まれていった。

「ん……っ」

なんの容赦もない濃厚なキスが、俺の抵抗を封じていく。

抵抗したいわけではなかった。どちらかというと力強い抱擁《ほうよう》に身を任せてしまいたい。そんな欲求に屈しそうになる自分をなんとか保っている、そんな感じだった。

「待って……っ」

くれ、と口を開いた、俺の唇をキスで塞ぎながら華門が身体を床へと押し倒す。

彼の手は実に素早く動き、俺から服をはぎ取っていった。

「違う、華門……っ……俺は話を……っ」

したいんだ、という主張は通らなかった。否《いな》、もしかしたら俺自身が、通さないことを望んでいたのかもしれない。

「や……っ」

ずぶ、と華門の指が、上半身より先に裸にした下半身へと伸びてきて、双丘を割り後孔《こうこう》に挿入されてきた。

渇いた痛みを覚えたのはほんの一瞬で、すぐに前立腺を探り当てられ、びくびくと身体を震わせてしまう。

行為を求めたわけじゃない。話をしたいんだ。

心の中で叫ぶ己の主張は、あまりにも空しく心に響いた。

会話よりも身体で繋がりたい。言葉以上の連帯感が行為の最中二人の間で保たれる。一方的な思いかもしれない。でも彼の雄が猛々《たけだけ》しければ猛々しいだけ、自分を求めてくれるのがわかる。それがなんとも頼もしかった。

それは何も、心の繋がりよりも身体の繋がりを求めているという意味ではなく、なんというか——男の身体は正直だから、求めていないのであればあえて求めてはくるまい、そんな消極的な意思表示の現れだった。

積極的に求めてほしい。何より俺は積極的に求めている。

そう伝えたいのに、躊躇《ためら》いが先に立ち行動に表せない。

できることはただ、こうしてしがみつくことだけだ、と華門の身体に両手両脚を絡め、己のほうへと引き寄せる。

セックスをする相手に対して、ここまで自信をもてなかったことはついぞなかった。

当たり前だ。抱ける、と思ったときしか今まで相手をベッドに誘ったことはない。

そう、セックスにおいて俺は常に主導的立場にいた。それが華門相手だと、俺は常に受動的になり、そのことに戸惑いを覚えてしまう。

当たり前だが俺は女じゃない。でもこうした気持ちの流れは実に女性的だ。自分の中に女性的な思考や感覚があること自体、信じがたいとしかいいようがないのだけれど——などと、役にも立たない自己分析をしていられたのもここまでだった。

「あぁっ」

手早く中を解《ほぐ》し終えた華門が自身の雄を捻じ込んできたからである。

亀頭のかさの張った部分が内壁を擦《こす》り摩擦熱を生み出す。いつもよりゆっくりと挿入されるその先端が早く奥底を突いてほしいと、熱を孕《はら》んだ内壁が激しく収縮し、華門の雄を締め上げた。

「………」

華門がくす、と笑い俺の両脚を抱え直す。

あさましい自身の身体の反応を笑われたのが恥ずかしく、俺が目を伏せたと同時に華門がぐっと腰を進めてきた。

「あっ」

ぴた、と二人の下肢《かし》が重なった。一瞬の間が空いたあと、激しい突き上げが始まる。

「あっ……あぁ……っ……あっあっあーっ」

不自然なくらいに腰を持ち上げられた体勢が苦しい。が、その苦しさに快感を煽《あお》られているのも事実だった。

華門が力強く腰を打ち付けてくるため、二人の下肢が重なるたびにパンパンと高い音が響き渡る。

亀頭に焼かれた内壁は今や火傷《やけど》しそうなほどの摩擦熱を湛《たた》え、その熱は全身へと巡っていた。

繋がった部分は勿論、吐く息も、汗が噴き出す肌も、脳まで沸騰しそうなほどに熱くて、どうにかなりそうになる。

「もう……っ……もう……っ……あーっ」

何がなんだかわからない。延々と続く絶頂に、思考は完全に止まっていた。

体勢的な苦しさと、喘ぎすぎて呼吸ができない息苦しさ、そして大きすぎる快感に身体も頭もどうにかなってしまうような淡い恐怖感から逃れたくて、気づかないうちに俺は激しく首を横に振っていたようだ。

くす、とまた華門が笑った声を聞いたと思った次の瞬間、片脚を放した華門の手が、勃《た》ちきり先走りの液に塗れていた俺の雄を握り、勢いよく扱《しご》き上げてくれた。

「アーッ」

パンパンに張り詰めていたそれは直接的な刺激にすぐに反応し、先端から白濁した液を撒《ま》き散らす。

ふわ、と身体が浮くような錯覚を覚えた俺の口から高い声が放たれた。ほぼ同時に華門も達したようで、ずしりとした重さを後ろに感じる。

「……あぁ……」

満たされた気持ちが胸に溢れ、吐息となって零《こぼ》れ出る。

「よかったか」

華門に問われ、ああ、と微笑み頷くと、華門もまた微笑み、ゆっくりと唇を寄せてきた。

「ん……」

キスを交わす。彼のざらりとした舌を口内に感じたと同時に、激しい欲情を覚え堪らずその背を抱き締める。

「…………」

華門に少し驚いたように目を見開かれ、はっと我に返った。

今達したばかりだというのに、一体どうして、という戸惑いが俺の視線を彷徨《さまよ》わせる。

「まだしたいのか」

華門が見開いた目を細めて微笑み、俺の両脚を抱え直した。

「いや……」

鼓動も息も、整っていない状態で、と首を横に振る。が、身体の反応は意思とは逆で、早くも質感を取り戻した華門の雄をおさめたそこは、突き上げを望むかのように激しく蠢《うごめ》き俺を慌てさせた。

「あれ……」

「やはりしたいようだな」

華門はそう笑ったものの、すっと身体を起こし俺から離れた。

「……っ」

彼の雄を失った後ろがまた激しく蠢き、自然と腰が捩《よじ》れる。どうして、と既に服装を整え俺を見下ろしていた華門を見上げた俺に、彼は大切なことを思い出させてくれた。

「間もなく鹿園が風呂から上がってくる」

「あっ」

そうだった、と慌てて俺も起き上がったが、そこから華門の放った精液がどろりと流れ出したのに、う、と顔を顰《しか》めた。

「ほら」

いつの間に取ってきたのか、華門がティッシュケースを俺に差し出してくれる。

「ありがとう」

「どういたしまして」

いつもの会話に思わず頬が緩む。が、次の瞬間華門は、

「それじゃあな」

押しつけるようにしてティッシュを渡すと、そのまま踵《きびす》を返そうとした。

そんな彼の背を俺は急いで呼び止める。

「待ってくれ。少しも話ができちゃいない！　華門、今回の件はやはり、林絡みなのか？　林が麻生さんの命を狙ったのを、お前が助けてくれたのか？」

問うても華門の足は止まらず、部屋を出ていこうとする。

「待てよ！」

すっと背筋の伸びたその背がドアの向こうに消えるのを、立ち上がり追おうとしたそのとき、

「大牙、お先に」

別のドアが開き、風呂上がりの鹿園が姿を現した。

「あ」

「……っ」

振り返り彼を見た俺の目の前で、鹿園の顔がみるみるうちに真っ赤になっていく。彼の視線が俺の主に下半身に注がれていることに気づき自身を見下ろした俺の目に飛び込んできたのは——。

「あっ」

パンツもスラックスも足下まで下ろしている自分の裸の下肢だった。

「し、失礼」

鹿園が慌てた様子で俺に背を向ける。

「こ、こちらこそ失礼」

俺は急いでティッシュで太腿《ふともも》を伝っていた華門の精液を拭《ぬぐ》い、下着を引き上げた。

「自慰くらい、誰でもする。気にするな」

どうやら鹿園は俺が彼の入浴中、自慰をしていたと勘違いしてくれたようだった。ティッ

nepiru

シュケースを握っていたことがその誤解を呼んだようだ。

誰かが部屋にいたと感づかれるよりは、まだそのほうがマシだと俺は、彼の勘違いに乗っかろうとした。

「いや、なんていうか、その、しちゃいけないときほどしたくなるっていうか……」

悪い悪い、と明るく笑って流そうとした俺の耳に、鹿園がぶつぶつと呟く声が聞こえてくる。

「……大牙はもしや、入浴している僕に欲情してくれたんだろうか。それで自慰を？　なんてことだ。やはり一緒に入ろうと強く誘うべきだったのか？」

「……あの、鹿園？」

大いなる勘違いをしている彼におずおずと呼びかけた俺を、鹿園がくるりと振り返る。

「大牙、悪かった！　僕の勇気が足りなかった！」

「いや、その、ちょっと風呂入ってくる！」

抱きつかんばかりに迫ってきた彼の身体をかわし、慌ててバスルームへと走る俺の背に鹿園の声が刺さる。

「なぜ僕は勇気を出せなかった！」

わけがわからないことを叫ぶ鹿園の誤解を放置していいものか迷いながらも、ボロが出ないうちにと風呂へと走る俺の頭にはそのとき、何も告げずに姿を消した華門の背中の幻が浮かんでいた。

# 9

それから数日して麻生は帰京し、わざわざ俺の事務所に挨拶に来てくれた。

「なんだかごめんなさいね。色々と」

力なく微笑む彼の顔には疲労の色が濃かった。麻生と共に帰京した春香が心配そうに彼の顔を覗《のぞ》き込む。

「恭一郎、あまり寝てないんじゃない？」

「まあね。でも大丈夫よ」

麻生は笑うと春香にも、そして同じく駆けつけてきた——わけではなくいつものように事務所に入り浸っている鹿園にも頭を下げた。

「色々、世話になったわ」

「いや、僕は何も世話など……」

「ところで捜査のほうはどうなってるの？　チャイニーズマフィアがどうたらとかいう話だったけど」

恐縮する鹿園に、横から春香が問いかけたそのとき、

「恭一郎～、大丈夫ぅ？」

事務所のドアが開いたと同時に、兄貴が――凌駕が駆け込んできたかと思うと、麻生に駆け寄りぺたんと彼の前に腰を落とした。

「今回は災難だったね。でも、人生、悪いときばっかじゃないし」

「……そうね。あんた見てると、つくづくそう思うわよ」

落ち込んでいるときに見聞きする兄貴の能天気な顔や声を、癒《いや》しに感じるタイプと苛《いら》つくタイプ、両方いると思うのだが――ちなみに俺は身内ではあるが苛つくタイプだ――麻生もどうやら後者だったようだ。

嫌みったらしく答えたのだが、兄貴にはその嫌みは伝わらなかったようで、

「そうそう。人生、悪いことばっかじゃないよ。いいこともあるよ」

ね、と、自分のあとに続いて入ってきた鹿園兄を振り返る。

「兄さん」

鹿園が驚いた声を上げたのに鹿園兄は「やあ」と爽やかに微笑むと、麻生に視線を移した。

「麻生社長のご容態はいかがですか」

「ありがとう。今回のことで、逆にシャキッとしたみたい。引退なんてしていられないと早くも復帰を決めたわ」

「そうですか」

鹿園兄は難しい顔で頷き、

「一度、捜査状況を社長にご報告に参らねばと思っています」

と告げた。

「薫が抱き込まれた暴力団については、実はあたしも心当たりがあるのよね」

麻生が溜め息交じりにそう言うのに、

「心当たりって？」

と兄貴が問う。

「麻生の家とはまったく関係ない、政治家絡みのネタなんだけど、記事にするべく追っていたのよ。それに気づかれて、あたしを殺せってことになったんじゃないかと思うんだけど、違う？」

兄貴に答えつつ、麻生が鹿園兄に問う。

「それが……」

答えたのは鹿園弟のほうだった。

「小田組長の証言では、チャイニーズマフィアから麻生さん殺害の依頼があったというんですよ」

「チャイニーズマフィア？　そうなの？」

麻生は目を見開いたあとに、

「もしかして」

と俺と春香を見た。

「なんだっけ、あの、女装のマフィア。恭一郎、あんたあの記事、書いたっけ？」

「ああ、林ですね。私の元妻にコンタクトを取ってきた……」

鹿園兄にとっては印象深い名だったのだろう。いきなり林の名前が出たことに、どき、と鼓動が高鳴った。

「書きたいけど書いてないわよ。だってネタが集まらないんですもの」

調べようにも、と肩を竦めた麻生に、

「あら、じゃあ別のチャイニーズマフィアかしら」

と春香が首を傾げる。

「暴力団とかかわりのある政治家がどこかのチャイニーズマフィアと繋がってるのかもしれないわね。まあ、今回の件で記事にはできなくなっちゃったけどさ」

「どうして？　タイミングよく別件で暴力団は逮捕されたし、すごいスクープになるんじゃない？」

人の心の機微には疎いはずのない兄貴が、俺でさえ察しているその『理由』を敢《あ》えて麻生に問う。

もしやこいつ、わざとかも。そう思ったのは俺だけではなかった。

「教えない」

つん、と横を向いた麻生に兄貴が「けちー」と口を尖らせる。

「あんた、馬鹿《ばか》？　恭一郎に自分の家族のことを書かせようっていうの？」

春香の指摘に兄貴は、

「わかってるよう」

とますます口を尖らせた。

「だから、弟はヤクザに脅されて悪いことやっちゃった、でいいじゃない。世間の同情だって集まるだろうし、それなら仕方ないって会社にも戻れるんじゃないの？　ご両親だってそのほうが喜ぶんじゃないかなあって思ったんだよ」

「そこまで世間は甘くないわよ」

馬鹿ねえ、と春香が溜め息をつき、手を伸ばして兄貴の頭を小突く。

「いたあい」

「ぶりっこ」

悲鳴を上げた兄貴の襟首を摑み、春香は無理やり兄貴を立たせると、

「なんだよう」

と恨みがましい目を向ける彼を無視し、話を再開した。

「まあ、恭一郎にとっては散々ではあったけど、お父さんと和解できてよかったじゃないの。

見舞いにも行けたしさ」

「和解……まあ、和解よね。一応、目を見て話してくれたことだし」

苦笑する麻生に、

「そうよう」

と春香が頷く。

「あたしなんか、臨終のそのときまで、目なんて見てもらえなかったんだから」

「でもちゃんと財産残してもらってるじゃないの」

「そりゃそうだけどさ」

しんみりと話す二人のオカマの会話を打ち切ったのは、またも空気の読めない俺の兄貴だった。

「ところでさ、あの偽探偵、あれ、どうなったの？　あれも暴力団からの差し金？」

「お兄さん、記憶力がいいですね」

答えたのは鹿園で、感心した様子の彼に兄貴は、

「僕はロシアンのお兄さんじゃないもん」

と拗《す》ねてみせたあと、

「で？　そうなの？」

と確認を取った。なんとなく偽探偵の——華門の話題は続いてほしくないものの、経緯は

気になり俺も耳を澄ませる。

「確かに、ボディガードは暴力団からの差し金だった。彼らの筋書きでは薫専務を狙撃した犯人をボディガードが警察に突き出し、そこで狙撃が副社長の仕業だったと警察に知れる——となるはずだったんだが」

「そうはならなかったわよね。打ち合わせミス？」

麻生の問いに鹿園が「いえ」と首を横に振る。

「ここにきて、わからなくなったんです。というのも暴力団が薫のもとに差し向ける予定だったのは『本物の』神野探偵だったはずなんですよ」

「え？　どういうこと？」

「なんだって？」

麻生が上げた戸惑いの声に、俺の声が重なる。驚いている俺と麻生、それに春香に向かい鹿園は、

「そうなんだよ」

と彼もまた訝しげな顔になると、実に驚くべき事実を披露してくれたのだった。

「いつの間にかすり替わったんだ。本物の神野は香港から帰国したところを逮捕した。彼の供述によると、暴力団からの指示で香港に二日ほど飛んだというが、暴力団側に指示を出した人間はいない。ちなみに神野を紹介した長野県警の葛谷警部も暴力団に取り込まれていた

んだが、偽神野は決して警部と顔を合わせることがないよう、巧妙に立ち回っていた」

「神野……なんていうんだっけ？」

と、ここで兄貴が物憂げな声で問うてくる。

「神野孝介だったか……」

手帳を捲《めく》る鹿園の横で、彼の兄が、

「一体何者なんだか」

と首を傾げる。

「不思議よねえ。別に誰に危害を加えたわけでもなし」

「それより……」

麻生もまた首を傾げる中、これ以上話題が続かないよう、話を逸らそうと口を開きかけた俺の声にかぶせ、兄貴の妙に間延びした声が響き渡る。

「そういやさぁあ、大牙、あのボディガードのこと、やたらと気にしてたよねえ」

「ああ、そうだったわね、知り合いに似てるとかなんとか」

余計なことを、と内心頭を抱えていた俺に春香が追い打ちをかけ、

「彼氏だっけ？」

と更に兄貴が追い打ちをかける。

「彼氏？」

おかげで鹿園に変なスイッチが入ってしまったじゃないか、と俺は兄貴を睨むと、

「違うし、別に興味なんて持ってないし」

と彼の言葉をすべて打ち消した。

「いや、興味持ってた上に、狙撃のときには一緒にいたんだったよね？」

兄貴は俺が嫌いなのですか。そう聞きたいくらいにしつこく、しかも記憶力よく追及してくる彼を俺は、

「偶然だよ」

と誤魔化そうとする。

「庭にいたんだったかしら。一体どんな話をしたの？」

だが今やこの場にいる皆が、偽神野について興味を持ち始めてしまっていたがゆえ、誤魔化すことはできなかった。

麻生も積極的にそう問いかけてきたし、鹿園に至っては、

「三十分も、何を話していたんだ？　本当に初対面だったのか？」

と顔色を変えて迫ってくる。

「あのとき、話した以上のことは何もないって」

頼むから本当にもう、この話はやめよう、と俺が大声を上げたそのとき、

「あ」

兄貴が何かを思いついた声を出し、場の注意をさらった。

「どうしたんだい？　凌駕」

鹿園兄が優しく兄貴に問いかける。

「今、気づいたんだけどさあ」

兄貴はキラキラ光る綺麗《きれい》な、そして大きな目を鹿園兄に向けたあと、ぐるり、と室内にいる皆を見回し、最後に俺へと視線を合わせた。

なんとなく、嫌な予感がする――こう見えて優秀すぎるほど優秀な探偵である兄貴が何に気づいたのか、相当身構えてはいたものの、覚悟していた以上の衝撃的な言葉を兄貴が口にする。

「神野孝介って、イニシャル『J・K』だよね。そのまま読んだ場合だけど」

「……っ」

それを聞いた瞬間、俺はショックを受けたあまり思わず息を呑んでしまった。

「本当だわ」

「J・K‼」

麻生が、そして鹿園が、次々と驚きの声を上げる。

「J・Kって、有名な殺し屋だったわよね」

春香が記憶を辿《たど》り「あ」と声を上げる。

「トラちゃん、あんた、顔、見てるのよね。もしかしてあの偽探偵に似てる知り合いってJ・Kっていう殺し屋なの？」

「そうなのか？　大牙。ならなぜ言わない？」

「ち、違うよ。もしJ・Kに似てるんだったら、俺が言わないわけないだろう？」

しかもJ・Kは知り合いじゃないし、と必死に取り繕う俺に麻生までもが疑いの目を向けてきた。

「J・Kの顔って、見たことあるのトラちゃんだけなんでしょ？　偽探偵に似てないんだったら、一体どんな顔してんのよ？」

「お、覚えてない……っ」

「えー、大牙ってそんな、鳥頭？　だってJ・Kとは何度か顔、合わせてるんだよねえ？」

皆の話を総合すると、と兄貴が意地悪く俺を見る。

身内が庇《かば》わないでどうする、と恨みがましい目を向けつつ、兄貴の言葉をヒントに俺はなんとか言い逃れようとした。

「その都度顔が違うからわからないんだ」

「顔が違う？」

「変装してるってことか？」

麻生と鹿園が二人して問い詰めるのに、心の中で二人に謝りつつ、俺は「うん」と頷いてみせた。

「それぞれの顔は覚えてる……けど、どちらもまったく違う。共通しているのは身長や体格くらいで……」

「そうか……」

「殺し屋ですもの。変装くらいするわよね」

幸いなことに鹿園も麻生も、俺の嘘に納得してくれたようだ。申し訳ない、と思いながらも俺は密かに安堵《あんど》の息を漏らした。

「案外、あれがJ・Kだったのかもしれないわね」

春香の言葉にどきりとする。が、横から鹿園兄が「それはないでしょう」と否定した。

「J・Kだとしたら死体が出たはずです。だが今回、殺された人間は誰もいない。イニシャルの合致は偶然じゃないかと、僕は思うな」

「理一郎がそう言うならきっと、そうなんだろうな」

語尾にハートマークがつきそうな勢いで兄貴が鹿園兄の言葉に同意する。これでようやく偽神野についての——華門についての話題は終わったはずだったのだが、鹿園はどこまでもしつこかった。

「それで、あの偽探偵に似てるというのは、一体誰だったんだ？　大牙。お前との関係は？」

「学生時代の知り合いだよ」

「あんな顔の知り合い、大牙にいたっけ？」

兄貴がまた面白がり茶々を入れてきたため、話は終わるどころかますます広がっていった。

「考えてみたら、あの偽神野の正体がまだわからないわけだしね」

「巧妙に潜り込んだ割りに、何もしてないって変じゃない？　一体なんの目的があったのかしら」

春香が、そして麻生が首を傾げるのに、兄貴がまたも余計な口を出す。

「長野県警でも一応、追跡調査は行ってるらしいんだけど、まったく正体が摑めないんだって。葛谷警部がらみでもないし、お手上げらしいよ。ねえ、大牙、何かヒント、あげたら？」

「凌駕、ちょっといいかな？」

俺が悪態をつくより前に、ここで鹿園兄が強張《こわば》った顔のまま兄貴に声をかけた。

「なに？」

きょとん、という表現がぴったりくる、可愛らしい顔で兄貴が答える。だがその顔も、鹿園兄の指摘を受けるうちに、しまった、とでもいうようなコスいものに変わっていった。

「なぜ君が長野県警の捜査状況にそうも詳しいのかな？　僕は君に何も言っていないはずだよね？」

「ええと、それはロシアンから……」

えへへ、と笑いながら兄貴が鹿園に縋《すが》るような視線を向ける。だがブラコン鹿園のプライオリティが俺の兄貴にあろうはずはなかった。

「僕もこの件に関しては初耳ですよ、兄さん」

「ロシアン、ボケたんじゃないの？　教えてくれたじゃない」

必死で誤魔化そうとする兄貴に、麻生が完全にとどめを刺した。

「そういやあんた、昨日軽井沢に来てたわよね。プリンスホテルで見かけたわよ」

「やっぱり！　北原に会いに行ったんだね？　そうなんだね？」

その瞬間、鹿園兄は激昂《げっこう》した声を上げ、兄貴の両肩を摑んで揺さぶった。

「嘘だよう。僕、軽井沢になんて行ってないって！」

「嘘つきはどっちよ。あー、ほんとにもう、ビッチはやだやだ」

麻生がにやにや笑いながら兄貴と、彼を責め立てる鹿園兄にそう告げる。

「恭一郎、裏切り者ーっ」

「あたしがあんたの味方だった瞬間なんて一秒たりともないわよ」

ふんだ、と麻生がそっぽを向き、兄貴が、

「ひどいー」

と泣きつく。

「軽井沢で北原に会ったんだろう？　そうなんだろう？」

余裕なく責め立てる兄の姿を見るに忍びなかったのか鹿園が、

「兄さん、いい加減に……」

と哀《かな》しげに声をかけた。

「僕の知っている兄さんは人前でこうも取り乱すような人ではありません」

「私はもう、お前の知っている兄ではないのかもしれない」

項垂《うなだ》れる鹿園に向き直り、彼の兄が切ない声を出す。

「恋は人を愚かにする。お前には私と同じ轍《てつ》を踏んでほしくないから、反面教師としてでも見ていてくれれば、それでいい」

「兄さん！　いかに愚かであろうとも、僕にとってのあなたは何にもかえがたい、絶対的な存在です！」

芝居がかった兄弟愛を演じているようで、実のところ本人たちはいたって真面目《まじめ》なのだ。

こういう愛情深い兄弟もいるんだよな、と俺は思わず兄貴を見やり、同じく今俺を見やったらしい彼と目が合ってしまった。

「僕も大牙がいかに使えなかろうが、お前に対する愛情は揺るがないよ」

芝居がかった口調で告げるほどに兄貴が俺に対し、愛情を抱いているかは定かではない。それはこちらもお互い様、と俺もまた芝居がかった仕草で兄貴に歩み寄りその手を摑んだ。

「俺も。兄貴がいかにビッチであろうが、俺の兄貴ってことにはかわりはないし！　正直、尻ぬぐいは勘弁と思ってるけど、俺だけは最後まで見捨てないからっ」

「何が尻ぬぐいだよう。尻ぬぐいさせられるのはこっちだっつーの」

精一杯の愛情を込めたつもりだったが、兄貴の気には染まなかったようで、むっとしたように手を振り解《ほど》くと、

「もう、帰る」

さっさと事務所を出ていこうとした。

「どさくさ紛れに、浮気まで誤魔化そうとして」

やだやだ、と悪態をつく麻生を兄貴が振り返る。

「恭一郎なんて大嫌い！　いじわるーっ」

「自業自得でしょうがっ」

麻生もまた、兄貴同様、イーッと歯を剝《む》き出し、二人は物凄い目で睨みあったあと、ふん、と互いに目を逸《そ》らせた。

「そうだよ、凌駕。正直に言ってくれ。北原と浮気をしたのかい？」

「知らないっ！　理一郎もだいっきらい！」

駆け出していく兄貴は、誰がどう見ても浮気を誤魔化そうとしたとしか思えない。が、唯一鹿園兄だけは違ったらしく、

「嫌いだなんて言わないでくれ」

実に悲愴《ひそう》な顔で兄貴のあとを追って事務所を出ていき、残った俺たちに深い溜め息をつか

せた。

「兄さん……」

傷ついた鹿園の頭を、俺も春香も、よしよし、と撫でてやる。

「ダーリン、あたしの胸でお泣きなさい」

麻生が両手を広げてみせたが、気づく余裕もないのか、それとも敢えて気づかぬふりをしているのか、鹿園は深く溜め息を漏らした。

「恋とは残酷なものだよな、大牙」

「ちょっと、なんでそこでトラちゃんなのよ」

この胸のスペースをあなたに空けているあたしの立場は、と麻生が俺を睨む。

「そういやトラちゃん、恋してるんだっけね」

春香が面白がって茶化すのに、鹿園はきっちり乗ってきた。

「本当なのか？　お前は今、恋をしてるのか？」

「してないって。春香さんも面白がらないように」

釘《くぎ》を刺しつつ、実際どうなんだろう、と自身の心に問いかけてみる。

俺は恋をしているか——？

している。確実に。

鹿園の兄ほどじゃないにせよ、充分自分を見失っている。これが恋じゃないわけがない、と心の中でひっそり頷く俺の頭に浮かんでいたのは、言うまでもなく華門の顔だった。

これが恋じゃなければ、行為のあとのキスにああもときめくわけがない。これが恋じゃなければ、顔を思い出した途端、何かしらの口実を設けてすぐにも近くのホテルに向かい、電話で彼を呼び出そう、なんてことを考えるわけがない。

機会を窺《うかが》ううちに、鼓動が次第に高鳴ってくるのがわかる。

「恋っていいわよねえ」

うっとりと宙を見つめる春香に、本当に、と頷きそうになるのを堪えると、

「恋より俺は仕事だな」

ちょっと出かけてくる、と立ち上がる。今のは名演技としかいいようがないよなと自画自賛しつつ俺は、華門と久々に会うために、皆を残し一人事務所をあとにしたのだった。

# 10

事務所を出たあと、俺は真《ま》っ直《す》ぐに既《すで》にフロント係に顔を覚えられつつある事務所近くのシティホテルへと向かった。

チェックインをし、華門に電話をかける。

ワンコール。ツーコール。

「…………あれ…………」

いつもであれば、この時点で現れるはずの彼が姿を現さないばかりか、電話にも出ないことに俺は戸惑いの声を漏らした。

暫《しば》く鳴らしてみたが、華門が現れる気配も、電話に出る気配もない。

「……なんだ、無駄足だったか」

無駄足の経験がなかったため、その可能性があるとは気づかなかった。考えてみれば常に華門が俺の傍にいるわけもないのだ。そんな当たり前のことに気づかず、浮かれてホテルにチェックインした自分の行動がいかに考えなしのものだったか。思い知らされた俺は脱力し、どさりとベッドに横たわった。

会えないとなると、会いたい気持ちが募る。

「……華門……」

枕に顔を伏せ、目を閉じた俺の頭の中に、幻の彼が現れた。

すっと伸ばしたその手が、俺の頬に触れる。

ゆっくりと覆い被さってきた彼と唇を合わせ互いに舌を吸い合う。やがて彼の手が頬から胸へと下りてきて、シャツのボタンをはずし、乳首を弄《いじ》りはじめる。

「ん……」

いつしか俺の手は幻の華門の手をなぞり、自分でシャツのボタンをはずすと、裸の胸に指先を這《は》わせていた。

乳首を抓《つね》り、爪《つめ》でひっかくようにして愛撫《あいぶ》する。ぞわ、とした刺激が背筋を上り、腰が捩れる。その動きに俺のもう片方の手は誘われたかのように、真っ直ぐジーンズのファスナーへと向かっていった。

ジジ、とファスナーを下ろす淫靡《いんび》な音が室内に響く。早くも熱を孕んでいる雄を取り出し、握り締めたあとに、いつも華門がするように、と先端のくびれた部分を擦りながら尿道に爪を立てる。

「……あっ……」

閉じた瞼《まぶた》の裏で、幻の華門がくす、と笑いを漏らす。彼の指を想像しながら俺は自分で乳首を痛いほどに抓り上げ、雄を扱き上げた。

「あっ……華門……っ……」

違う。彼の手はもっと繊細に、ときに乱暴に俺の弱いところを攻め立てる。少しでも近づけようと乳首を抓り、尿道を爪で抉りながら再び彼の名を呼ぶ。

「華門……っ……華門……っ」

「なんだ」

幻の彼の声が耳元で響き、俺をますます欲情の波へと誘っていく。

「……え……」

こんな鮮明な『幻』があるわけがない。はっとして目を開き、上体を起こして振り返った視界の先には、いつもどおり、黒いコートを身にまとった華門の姿があった。

「華門……」

驚きが大きすぎて、呆然としていたが、『幻』でもなんでもない彼にくすりと笑われ、はっと我に返った。

「てめえ……っ」

「なかなか照れるものだな。自慰の最中、名を呼ばれるというのは」

慌てて前を隠した俺に華門は笑いながら近づいてくると、どさりと俺のいるベッドへと腰を下ろしてくる。

「悪趣味すぎんだろ」

羞恥《しゅうち》を怒りに紛らせ睨んだ俺の頬に、華門がすっと手を伸ばした。

「ちょっと到着が遅れただけだ。他意はない」

「嘘だ。絶対フェイントかけただろう？」

「信用がないな」

ふふ、と笑いながら華門がはだけた俺のシャツの間から手を差し入れ乳首を擦る。

「……っ」

びく、と身体を震わせたときには彼の指は俺の乳首を摘《つま》み、きゅっと抓り上げていた。

「やめ……っ」

「嘘だな」

笑いながら華門がのしかかり、俺をベッドに押し倒す。

「何が」

「やめろ、という言葉が」

ほら、ともう片方の手で出しっぱなしになっていた雄を握られる。どくん、と大きく脈打つその感触を得られてはもう、『嘘』はつけなくなった。

言葉を呑《の》み込んだ俺の雄を弄《もてあそ》びながら、華門が歌うような口調で囁《ささや》いてくる。

「後ろは自分で弄らないんだな」

「……もういいから……っ」

こうも陽気な彼は初めて見る。そう気づいたとき、なぜか鼓動がどきりと大きく脈打ち、頬に血が上ってきた。

「わかった。もうからかうのはよそう」

ふっと楽しげに笑うその顔にもやたらと動悸《どうき》を誘われる。真っ赤な顔を見られたくなくて俯くと、華門は俺が未だ羞恥の中にいると思ったらしく、ふふ、とまた笑った。

手早く服を脱がされる。華門もまた服を脱ぎ、俺たちは裸で抱き合った。

「ん……」

頭に思い描いていたとおりの激しいキス――きつく舌をからめとられるくちづけに、早くも鼓動は早鐘のように打ち、息も乱れてきてしまった。

華門の指が俺の乳首を弄る。腹に当たる彼の雄は既に屹立《きつりつ》し、先走りの液が俺の肌を濡《ぬ》らしていた。

早くほしい――その願いを伝えようと思うより前に、身体が動く。広げた両脚を彼の腰へと回すと、華門はくちづけを中断し『よそう』といったくせに俺をからかってきた。

「胸はもう自分でやったから先にいけ、か?」

「……だから……っ」

からかうな、と怒ろうとし、ふと、やはり今日の華門のテンションはいつもと違うなと気づく。

「華門……？」

なんとなく違和感を覚え問いかけようとすると、華門はまた、ふっと笑い首を横に振った。

「冗談だ」

「そうじゃなく……っ」

このハイテンションには何か理由があるのか。そう問いたい俺の心情が伝わっているからか、それともまるで伝わっていないのか、華門は背に腕を回して俺に脚を解かせると、そのままその脚を抱え上げ、身体を二つ折りにした。

片脚を放した手の指を口へと含んで唾液《だえき》で濡らし、手早くそこを解すと、逞《たくま》しい雄の先端を押し当ててくる。

「ぁ……っ」

挿入を期待し、後ろが激しくひくついて彼の雄を呑み込もうとする。また揶揄されるかと覚悟しつつ腰を捩ったが、華門は微笑んだだけで何も言わず、ぐっと腰を進めてくれた。

「あぁっ」

奥まで一気に貫かれ、大きく背が仰《の》け反《ぞ》る。直後に始まった激しい突き上げが、俺の胸に燻《くすぶ》っていた一抹《いちまつ》の違和感を吹き飛ばした。

「あっ……あぁ……っ……あっあっあっ」

力強い突き上げが呼び起こした快楽の波に俺は一気にさらわれ、ただただ喘ぐことしかできなくなる。

奥深いところを突かれるたびに、頭の中で火花が散った。意識は朦朧《もうろう》とし、次々と襲い来る快感に呼吸は速まり、息苦しさすら覚える。灼熱《しゃくねつ》の炎に焼かれる全身は、その熱を放出したくてたまらないのに、知っているはずのその術に中断した思考のせいでたどり着けない。

「あぁっ……もう……っ……もう……っ」

いきたい、そう叫ぶ自身の声が、耳鳴りのように頭の中で響く己の鼓動の向こうで微《かす》かに聞こえる。

聞こえる声は微かでも、室内にはきっと絶叫といいほどのボリュームで響いているのかも——ほとんどない意識の下で、そんなどうでもいいようなことを考えていた俺は、華門に雄を握られた瞬間、我に返った。

「……あ……っ」

薄く目を開いた視界の先に、じっと俺を見下ろしていたらしい彼の濃いグリーンの瞳がある。その瞳が微笑みに細められたのに見惚《みと》れたのは一瞬の出来事で、すぐに握った雄を扱き上げられ、俺は一段と高い声を上げて達していた。

「あーっ」

やはり相当でかい声だった。羞恥に見舞われながら己の声を聞いていた俺の上で、華門が少し伸び上がるような姿勢になる。

彼も達したことを悟った俺の口から、いつものように、我ながら満足げとしかいいようのない吐息が漏れた。

「……んん……っ」

「…………」

華門がまた、ふっと笑い、息を乱す俺にゆっくりと覆い被さってくる。

細かいキスをいくつも落としてくれる彼の背を両手両脚でしっかりと抱き締める俺の胸にはこの上ない充足感が溢れていた——が、ふと、この前彼と会ったときには何も聞き出すことができなかったのだった、という事実を思い出した。

「華門」

キスを自ら中断し呼びかける。

「ん？」

微笑み、問い返してきた彼だが、続く俺の言葉を聞くと笑みがすっと頬から消えていった。

「この間の答えを教えてほしい。今回かかわっていた中国人マフィアというのは林なんだろう？」

「…………」

華門は一瞬俺を見下ろしたあと、抑えた溜め息を漏らしつつ身体を起こした。

ずる、と後ろから彼の、まだ萎《な》えきっていない雄が抜かれる感触に、声が漏れそうになるのを堪え、俺も身体を起こす。

華門は俺に背を向けるようにして座っていた。古い傷跡がこれでもかというほど残るその背は俺を拒絶しているように感じ、やるせなさを覚えていた耳に華門の低い声が響く。

「林は一度口にした言葉は必ず実行する」

「……え？」

意味がわからず問い返した俺を振り返ろうともせず、華門は淡々とした口調で話を続けた。

「以前彼が言っただろう？　お前の周りの人間を、縁の遠い順から一人ずつ殺していくと」

「……あ……………」

確かに言われた。電話越しに聞いた林の声が俺の耳に蘇る。

『ジョーに伝えろ。私のもとへ戻れと。さもなくば佐藤大牙、お前の周りの人間が順番に死ぬことになる』

一人目は鹿園の兄、二人目には鹿園にするか、麻生にするか、春香にするか——そんなことを俺は林に言われていた。

「……だから……」

一人目と言われた鹿園の兄の命を守ってくれたのは華門だった。もしや二人目に設定されていたのは麻生で、今回も華門は林の手から守ってくれたというのだろうか。

きっとそうに違いない。確信した俺は華門に礼を言おうとした。が、一瞬早く彼が口を開いていた。

「次が誰になるかはまだわからない……が、確実に林は実行に移す。彼にとってこれはゲームだ。お前を追い詰めるための」

「追い詰められているのは俺だけじゃない……よな？」

華門の言葉が終わらないうちに問いかけると、傷だらけの彼の背が、びく、と微かに震えた気がした。

錯覚かどうかわからず、その背を抱き締め、少し冷たく感じる肌に頬を押し当てる。

「……もう、次のゲームは始まっているってことなのか？」

だからこそのハイテンション——推察し問いかけた俺に華門は、イエスともノーとも答えなかった。

暫《しば》しの沈黙のあと、またも抑えた溜め息の音が、頬を押し当てた彼の背から聞こえてくる。

「ゲームを終わらせることはできる。お前にも」

「…………」

林を殺せと命じればいい——華門がそう言いたいことは、すぐにわかった。

林と華門がどのような関係であるのか、俺にはまるでわからない。林は華門に酷く執着しており、それは『愛』ではないかと俺には見えるが、実際のところは不明だ。

華門が林に対して抱く気持ちもわからないが、二人の人間関係がどうであろうと俺は、華門に二度と人を殺してもらいたくはなかった。

彼の職業が『殺し屋』であることは勿論わかっている。それでも俺は彼に己の手をこれ以上血で汚してほしくない。

今更人殺しをやめたところで、自分の手はすでに血に塗《まみ》れている。それ以外の生き方などできないと告げられたことはあるが、それでも俺は彼に、『それ以外の生き方』を選択してほしいと願わずにはいられなかった。

無言のまま華門の身体をただ抱き締めていた俺の耳にまた、彼の抑えた溜め息が聞こえた。が、彼も何も言わず、胸に回した俺の手に自身の手を重ねてきた。

「……華門……」

名を呼ぶと、俺の手を握る彼の手に、一瞬、力がこもった気がした。

「俺は……」

何を言おうとしたのか、自分でもよくわからない。だが何かを伝えたくて口を開いたのだが、そのときには振り返った彼に再びベッドに押し倒され、唇を塞がれていた。

「……っ」

貪《むさぼ》るように唇を重ねてくる彼の背をしっかりと抱き締める。

今は言葉よりもこうして、互いがどれだけ相手を求めているか、それを行為で確かめ合いたい。

きっと同じことを思っているに違いない彼の背に両手両脚でしがみついていきながら俺は、この身体が言葉以上に想いを伝えてくれるといいという願いを込め、刹那的《せつなてき》な快楽を貪るだけではないはずの行為に没頭していった。


二度、三度と達したあと、結局俺はいつものように失神してしまったようだ。

目が覚めたときには既にとっぷり日が暮れていて、華門は姿を消していた。

枕元には、今の今まで冷蔵庫に入っていたのではと思えるような冷たいミネラルウォーターのペットボトルが置かれている。

傍らのベッドにははやりいつものように脱がされ、床に落ちていた俺の服が綺麗に畳まれた状態で置かれていて、相変わらずだなと、つい笑ってしまった。

シャワーを浴びてから、このまま泊まるかどうか迷ったあと、結局俺は家に帰ることにした。華門の匂いが残るこの部屋で、一人で夜を明かすことを、なんとも切なく感じたためだ。

身支度を調え、部屋を出る。自然と周囲を見回してしまったのは、すでに林の新たな罠《わな》が張り巡らされているのではないかと案じたためだった。

『林は一度口にした言葉は必ず実行する』

抑揚のない華門の声が俺の耳に蘇る。

俺のせいで、まずは鹿園の兄が、続いて麻生が危険な目に遭った。

次に狙われるのは誰なのか——狙うなら俺本人を狙え、と唇を噛《か》みつつ、ちょうどやってきたエレベーターへと乗り込み、フロント階のボタンを押す。

ゲームを終わらせる手はある、か。

華門の言葉を思い出していた俺の頭にふと、ある考えが浮かんだ。

林を華門に殺させる以外、もう一つ、ゲームオーバーの手はあった。華門が林のもとに戻れば、そこでゲームは終わる。

『ゲームを終わらせることはできる。お前にも』

そのあと告げられるべき言葉はおそらくこの一言に違いない。

『俺にも』

だが華門は終わらせることを選ばなかった。ということはつまり——？

林のもとに戻るよりも、俺を選んでくれた。そう考えていいということだろうか。

「…………」

うわあ、と思わず声が漏れそうになり、慌てて唇を噛んだところでエレベーターはフロント階に到着した。やたらと赤面する顔を伏せ、フロントへと向かう俺の脳裏に華門の瞳が蘇る。

かつて、死人の目と同じだと俺を震え上がらせたその瞳は今、優しげな笑みに細められている。

そこに彼の気持ちの変化を見てとることは、決して自己満足でも勘違いでもないと、そう思いたい。

笑顔なんて思い出したものだから、ますます頬に血が上ってきてしまった。赤い顔のままチェックアウトするのも恥ずかしいし、深呼吸でもして少し気持ちを落ち着けるか、とフロントから少し離れた場所で大きく息を吸い込んだそのとき、俺の耳に聞き覚えがありすぎるほどにある甘ったたれた声が響いた。

「わざわざ会いに来てくれたなんて嬉しい！　ありがとう、北原さん」

「……え？」

まさか、と声のしたエントランスのほうを振り返る。

「あれ？」

そこにいたのは紛うかたなく俺の兄貴と、そして――しなだれかかる兄貴の肩にしっかりと腕を回していた長野県警の北原刑事部長だった。

「うそだろ……」

思わず呟いた俺の前で、兄貴は一瞬バツの悪そうな表情をしたものの、すぐに俺が手にしていたカードキーに気づいたようで、勝ち誇った顔になる。

「なんだあ、大牙も人のこと、言えないじゃん。今まで『ご休憩』だったんでしょ？　お互い、内緒ってことで、よろしくね」

「………っ」

確かに『ご休憩』をしてしまっていただけに、二の句を継げないでいた俺の横をすり抜けるようにして、兄貴と北原は真っ直ぐフロントへと向かっていく。

どうしてそういうことには殊更目端が利くのか。鹿園兄がこれを知ったら果たしてどう思うか、なぜに想像できないのか。

ビッチにもほどがある、と呆れ果ててしまいながらも、次なる林の魔手が兄貴に及ぶようなら、何があっても守りきってみせると、俺は心に誓っていた。

そう、華門と共に――。

その前に鹿園兄との間で修羅場になるだろうが、と溜め息を漏らす俺の頭にはそのとき、頼もしいことこの上ない恋しい男の姿が浮かんでいた。

あとがき

はじめまして&こんにちは。愁堂れなです。この度は四十二冊目のルチル文庫となりました『黄昏のスナイパー・慰めの代償』をお手に取ってくださり、本当にどうもありがとうございました。

JKシリーズも四冊目を迎えることができました。少しずつ関係が進展している……かな？　という殺し屋×探偵の二人と、カマカマネットの仲間たちの四作目、いかがでしたでしょうか。とても楽しみながら書いているので、皆様にも楽しんでいただけているといいなとお祈りしています。

奈良千春先生、今回も素晴らしいイラストを本当にどうもありがとうございました‼　短髪華門に萌え萌えです！　また今回も大変お世話になりました担当のO様をはじめ、本書発行に携わってくださいました全ての皆様に心より御礼申し上げます。

次のルチル文庫様でのお仕事は来月『unisonシリーズ』新作を発行していただける予定です。こちらもよろしかったらどうぞお手に取ってみてくださいね。

また皆様にお目にかかれますことを切にお祈りしています。

平成二十五年二月吉日

愁堂れな

✦初出　黄昏のスナイパー　慰めの代償……………書き下ろし

愁堂れな先生、奈良千春先生へのお便り、本作品に関するご意見、ご感想などは
〒151-0051 東京都渋谷区千駄ヶ谷 4-9-7
幻冬舎コミックス　ルチル文庫「黄昏のスナイパー　慰めの代償」係まで。

幻冬舎ルチル文庫

# 黄昏のスナイパー　慰めの代償

2013年3月20日　　第1刷発行

✦著者　愁堂れな　しゅうどう れな

✦発行人　伊藤嘉彦

✦発行元　株式会社　幻冬舎コミックス
〒151-0051 東京都渋谷区千駄ヶ谷 4-9-7
電話 03(5411)6432[編集]

✦発売元　株式会社　幻冬舎
〒151-0051 東京都渋谷区千駄ヶ谷 4-9-7
電話 03(5411)6222[営業]
振替 00120-8-767643

✦印刷・製本所　中央精版印刷株式会社

✦検印廃止


ISBN978-4-344-82790-5　C0193　Printed in Japan